D坂の美少年

西尾維新

講談社
タイガ

袋井満《ふくろいみちる》
咲口長広《さきぐちながひろ》
双頭院学《そうとういんまなぶ》

美《び》少《しょう》年《ねん》探《たん》偵《てい》団《だん》
指《ゆび》輪《わ》創《そう》作《さく》
足《あし》利《かが》飆《ひょう》太《た》
瞳《どう》島《じま》眉《まゆ》美《み》
Illustration キナコ
Design Veia

D坂の美少年

美少年探偵団団則

1、美しくあること
2、少年であること
3、探偵であること

0　まえがき

「民主主義は最悪の政治形態だ。ただし、これまで試みられてきたありとあらゆる政治形態を除けば」

第二次世界大戦中のイギリスの政治家、ウィンストン・チャーチルの言葉ではあるのだが、これを冒頭に引用するのは若干の勇気が必要になる。なぜなら暗記学習の徒であるわたし、中学二年生の瞳島眉美《どうじままゆみ》は、このかたがどういう政治的思想を持っているかを不勉強ながらまったく存じ上げないので（これ以上文字通りの文字通りはないくらいの『不勉強ながら』である）、迂闊《うかつ》に引用して、わたしが思っているのとは全然違う局面ないしイメージを遥かに上回る意味合いで発された言葉であるという可能性を、ちっとも恐れないというわけにはいかない。

実際、よくある話だ。

有名なところでは『ペンは剣よりも強し』という、なんとも心地いい格言を座右の銘にしていたら、あとからこの言葉は『武器よりも文字のほうが、より多くの人間を殺せる』みたいなニュアンスだったと判明するなんてこともある——それが発された背景や、発言者の人物像を知らないままに、独立した言葉だけを引用していると、言いたいことがまるで違って来てしまうわけだ。

恐怖驚愕。

冒頭の、政治形態に対する意見についても、これを民主主義を遠回しに肯定していると見るのか、それとも本当に最悪だと思っているから最悪だと言っているだけと見るのかは、時代が変わってしまった今となっては判然としない——いや、当時だって、チャーチルさんがどんな気持ちで言ったのかなんて、誰にも窺《うかが》い知れやしないのだ(『そんなことは言っていない』とか『そもそも訳しかたが違う』とか、そういう根本的などんでん返しだってありうる)。

もっと言えばこの言葉に続きがある可能性も否めない。反対に、『民主主義は最悪の政治形態だ』という前半だけを切り取って引用することもできて、そうやってあらゆるエピグラフは、意味を失っていくものでもある。

しかしながら、作者と作品は切り離して考えるべきであるのと同じように、発言と発言者を切り離して考えるべきとする作法もある——また、このような風刺的な言い回しは、逆に素直に受け止めてもいいんじゃないかとも思う。

風刺を好む者に、不良はいても、悪人はいない。言葉は言葉だけで、独立した存在なのだ。

「ごちゃごちゃうっせえな。てめえは『ネット上の匿名の意見なんて信用できない』って言っちゃってる奴《やつ》か。選挙を匿名でおこなえるようになるまで、どれだけ大変だったと思ってんだ」

ほらね。

それほど悪くない。

そんなわけで、冬休み、現代のパノラマ島での楽しい芸術体験を終えて、文化的に著《いちじる》しく成長を遂げたこのわたしが今回お送りするのは、選挙のお話である。

みなさんそろそろお忘れかもしれないが、美少年探偵団の偉大なる副リーダー、咲口長《さきぐちなが》広《ひろ》先輩の表の顔は、指輪《ゆびわ》学園中等部の生徒会長なのだ——なのだが、この短いプロフィールの中には、実は結構な瑕疵《かし》がある。

おわかりだろう。

中学二年生のわたしにとって先輩である咲口先輩が、つまり中学三年生である咲口長広氏が、年が明けた一月の時点で、未《いま》だ生徒会長を務めているというのは、『いやちょっと待てよ、お前の任期はいつまでだ』と、本来問われずにはいられないはずののっぴきならない事態なのだ。

もはや卒業式を目前としているにもかかわらず、あのスピーチの名手が、今もなお膨大《ぼうだい》な業務をこなしている異常に、わたしを含めた指輪学園中等部の関係者が、半年近くの間、誰も気づかなかったのである。

うっかりしていた。

あの人は入学したての一年生の頃から三期連続で生徒会長を務めていたので、なんとなく、永遠の生徒会長であり永遠の美少年なのだと、誰しも思い込んでいたけれど、そうではないのだという当たり前のことに、ようやく人々は気付いたのだった——なのでこのたび、我らが学び舎《まなや》では、すったもんだのてんやわんやで、慌てて選挙が執りおこなわれる運びになったのだ。

次期生徒会長を選出するための選挙。

民主主義。

もっとも、この学校をあげての失態は、実のところ、慌てるほどのことでもないとも言えた——生徒会選挙と言っても、開催されるのはほとんど出来レースみたいなものだからだ。

現状の生徒会執行部で、咲口生徒会長を献身的に支えてきた現副会長・長縄和菜《ながなわわな》さんが、そのまま上長のあとを継ぐ形で、会長職に移行するに決まっているじゃないか——わたしからすれば、彼女は怖い同級生なのだけれど、しかし大衆の評価によれば、彼女は欠点のない才女である。

また、現会長から推薦を受けているというのは、やはり大きい——引き継ぎの彼女に投票することは、同時に引き続き咲口生徒会長を名誉会長に選ぶのと似たようなものだと思えば、支持層の投票も捗《はかど》るというものだろう。

なので、意識が低い生徒を代表するわたしは、正直、この選挙に関してほとんど興味を持っていなかった。選挙期間中は、美少年探偵団の事務所である美術室が寂《さび》しくなるなと、そんなことをぼんやりと思っただけだ。あとは、そう言えばあの人、美少年探偵団の副リーダーの職は引退しないんだろうかなんて思っただけだ——間違っても。

間違っても、このわたしが、こんなわたしが、わたしごときが、わたし程度が、わたしなんかが、つまりわたしが、次期生徒会長に立候補する羽目になるなんて——あまつさえ当選する羽目になるなんて、まるで想像もしていなかったのである。

瞳島眉美生徒会長。

ほら、民主主義って、最悪でしょ?

1　憂鬱《ゆううつ》の生徒会長

「最悪ですよ」

先輩くん（わたしは現生徒会長のことをそう呼んでいる）は、美少年探偵団が根城としている美術室に這入《はい》ってくるなり、憂鬱そうに、しかし『美声のナガヒロ』らしいうっとりするようないい声で、そう言った。

ロリコンが最悪なのは当たり前じゃないかと、不良くん（わたしは学園番長のことをそう呼んでいる）が焼いてくれたアップルパイをつまみながら、わたしが首を傾《かし》げていると、ロリコンからじろりと睨《にら》まれてしまった――八つ当たりはやめていただきたいね。

「なんだよ、久しぶりに顔を出したと思ったら、えらくご機嫌斜めじゃねえかよ、生徒会長さま」

わたしのためにわたしの紅茶を淹《い》れてくれている最中だった不良くんが、いったん手を止めて、先輩くんに「お前もいるか？」とティーポットを高々と掲げた。ティーポットだけに茶目っ気混じりのアクションだ。

美術室の外では対立していて、美術室の中においても犬猿の仲である天敵の後輩から気《き》遣《づか》われたことに、副リーダーは一瞬、その端正なお顔を歪《ゆが》めたけれど、結局は「いただきますよ」と、素直に応じた。

紅茶の力は巨大なり。

何が最悪なのかは知らないけれど、まあ正直、先輩くんが来てくれて助かったと、実のところ、わたしは思っていた。しめしめと思っていた。美少年探偵団のメンバーは、わたしを含めて全部で六人いるのだが、今日の放課後はいったいどういう流れだったのか、わたしと不良くんがふたりきりになってしまっていたのだ——招集がかけられていたわけではないので、そういうこともあるだろう。

リーダーは初等部の生徒だし、生足くんは陸上部の活動があるし、天才児くんは経済活動をおろそかにはできないし、そして先輩くんは、次期生徒会長に立候補する現副会長の後援に忙しい。

必然的に、暇なわたしと暇な番長のワンペアが、美術室に成立してしまうことも多かろうである——ただまあ、どれだけおいしいアップルパイを焼いてくれようと、どれだけおいしい紅茶を淹れてくれようと、どれだけ『美食のミチル』だろうと、ふと密室でふたりきりになって向かい合ってみると、やっぱりこのかたはちょっと怖いのでね。

突然、意味もなくこのオラオラ系の美少年からぶちのめされたらどうしようと、内心おどおどしながら、わたしはパイのさくさく感に舌鼓を打っていた。殴られずに紅茶をおかわりする方法をあれこれ考えていた。

しかしながら、壁ドンならぬ顔ドンをされることを恐れつつ過ごす時間が快適な限りであるはずもなく、そろそろ身内が死んだという口実を設けてそそくさ逃げようかと思っていたくらいにはビビっていたところに、現れてくれたのが先輩くんだったのだ。

救世主！

不良よりはロリコンのほうが、わたしにとっては実害がない！

「ロリコンではありません。親が勝手に決めた婚約者が、たまたま六歳と言うだけのことです」

「はいはい。いつもの言い訳はともかく、先輩くん、何が最悪なんですか？　わたしが聞いてあげますよ」

「可愛い後輩のふてぶてしさも最悪ですが、それ以上に悪いことが起きました」

と、先輩くん。

「ご機嫌斜めというわけではないのですがね。しかし今度という今度はさすがに参りました」

なんと。

指輪学園中等部を、約三年にわたって統治してきた、古今東西並び立つ者のいない生徒会長が、『参る』なんてことがあるとは……、そして可愛い後輩のふてぶてしさよりも最悪なことがあろうとは。

わたしは今、とても珍しいものを目にしているのかもしれない。『美観のマユミ』の視力を制御する、オーダーメイドの眼鏡《めがね》を外して凝視すべき事態だろうか。

「わかんねーな。選挙活動はうまくいってるんじゃなかったのか？　票固めはだいたい終わったんだろ？」

不良くんは自分の分と天敵の分、ふたり分のティーカップをテーブルにセッティングしながら、そんな風に問う。

裏から学園を統治する、並び立たずとも対立する番長だけあって、選挙情勢には無関心ではないらしく、そんな情報は入ってきているようだ。

「ええ。ミチルくんグループの票以外は、おおむね固まっていたのですがね」

ミチルくんグループ。

なんだかかわいらしい響きだけれど、要するに、不良グループという意味だ……、まあ、先輩くんと不良くんとのバチバチは公然だから、必然的に、先輩くんの後継者である長縄さんへの、『ミチルくんグループ』からの投票は期待できなくなるわけだ……、だから、選挙戦略として先輩くんは、最初からその票田は捨てているのだろう。

とは言え、お隣の髪飾《かみかざり》中学校と違って、指輪学園中等部には柄の悪い生徒は少ないので、それが問題になるということはないはずなのだが……、少なくともそれが『最悪』になることはないはずなのだが？

これぱかりは人数がものを言う。

大勢に影響はない。

八百長とまではいかなくとも、出来レースは出来レースだ。

「だよな。少数派の声は届かねえぜ。長縄の他にめぼしい候補者もいないしな」

当然である。

誰だって負けるとわかっている戦いに、好き好んで挑みたくはない……、立候補を表明した瞬間、泡沫《ほうまつ》候補扱いされてしまうような選挙に、どうしてわざわざ参加しなくてはならないのか。

「ええ。その長縄さんなのですがね」

先輩くんは言った。

後継者の勝ちが決まっているはずの彼は、首を振りながら言った。

「昨日、交通事故に遭って、入院してしまいました」

2　長縄和菜

長縄和菜さん。

二年A組、出席番号——は知らない、ともかく、生徒会執行部副会長。

雪女と呼ばれている、いい意味で。

いやまあ、雪女というニックネームは、通例悪口に使われることが多く、いい意味どころか、そこに幾分かのスパイシーな悪意が込められていることは基本間違いないだろうけれど、まあ、その程度のやっかみをものともしないくらいの優等生であり、だいたいそのニックネームから想起される通りの、クールな性格である。

クールビューティーである。

愚者を見下げ果てるのが趣味みたいな子だ。

ほら、初等部に、ロリコンの婚約者である川池湖滝《かわいけこだき》ちゃんがいるけれども、あの座敷童《ざしきわらし》に対する雪女と思ってもらえればいい——たぶん、先輩くんは周囲に怖めの女子をはべらすのが趣味なのだと推察できる。

「はべらしているわけじゃありませんよ、人聞きが悪いですね」

「でも、副会長は親が勝手に決めたわけじゃないでしょう？　先輩くんが自ら選んだんでしょう？　そら見たことか、Ｑ・Ｅ・Ｄ！」

「どこまでも腹立たしい後輩ですね——彼女を副会長に選んだのは優秀だからですよ。性格は関係ありません」

体温もね、と言う。

「第一、それを言ったら、眉美さんだって、私の周囲にいる女子でしょうに」

「おっと。わたしの怖さを知らないと見えますね。不良くん、教えてあげて？」

「うっせえな。ぶん殴るぞ」

こわっ。

顔ドンをされる。

「俺のクラスメイトが交通事故に遭ったたって話じゃねえか。茶化《ちゃか》すな」

やばい。わたしがマジで怒られている。

そして弁解の余地がなかった。

いや別に、美人で頭がよくて運動もできて地位もあって、生徒会選挙でも勝ちが決まっているような勝ち組の同級生が交通事故に遭ったことを、ざまあみろと思っていたわけじゃないのだけれど、しかし、不謹慎とは言わないまでも、ここでふざけるのは、配慮が足りなかった。

でも、『ミチルくんグループ』を率いる不良くんにとっては、生徒会執行部のメンバーと言えば、イコールで敵みたいなものだろうに、二年A組のクラスメイトと言うだけで、そんな真顔で心配するなんて、なんともお優しいことだ。

不良の恥だな。

「だから茶化すな。それがお前の怖さじゃねえか。せめて長縄の無事を確認してからジョークにしろ」

真面目なあいつが欠席してたのはそういうことかよ、と、不良の癖に授業にはきちんと出席している真面目な不良くんは合点がいったように独りごちた。

「で、でも、入院中ってことは、死んだわけじゃないんでしょ？　ね、先輩くん？」

そう言われると加速度的に不安になってきたので、小心者のわたしは慌てて確認した。そうだ、確かに、死んでなくっても、一生ものの怪我《けが》をしているということは考えられる。

なんてことだ、気まずい感じになっちゃうじゃないか！

「お願い、たいしたことはないって言って！　わたしのために！」

「本当にあなたのためじゃないですか。どうしてこんなクズがわたしの周囲に……、そういう意味では、大事ありませんよ」

先輩くんは、ここで初めて苦笑した。

やった、笑ってくれた。笑顔が好きだよ、先輩くん。

さらっとクズ扱いされてしまったけれど、考えてみれば、わたしのことを『周囲にはべらしている女子』のひとりとして認識してくれているのだとすれば、それはクズとしても面はゆいお話でもあった。

美少年探偵団のメンバーとしての男装生活も、もうすっかりなじんでしまったけれど、わたしとて、つまりクズとて、女子としてのメンタルを完全に忘れてしまったわけではないのだ。

「命に別状はありません。一ヵ月も入院すれば、元気に元通り、学業に復帰できることでしょう」

よかった！

この『よかった！』は、もちろん、わたしが気まずくならなくて『よかった！』だけでなく、普通に長縄さんの身を慮《おもんぱか》っての『よかった！』でもある——でもある、でも待てよ？

確かに不幸な交通事故はあったみたいだけれど、それでも、最悪の事態ではなかったのならば——それは最悪ではないはずだ。

わたしが考えもしなかったことで、考えたくもないことに、長縄さんが交通事故で死んでいた可能性だってあったのだから、むしろ現状は不幸中の幸いととらえるべきで——

否。

入院？　一ヵ月？

「え、じゃあ、選挙はどうするんですか？」

「それですよ、最悪なのは。まさか候補者が不在という意味での不在者投票というわけにもいきませんからね……、このケースでは長縄さんは、立候補を取り下げるしかありません」

そりゃ憂鬱だ。そして最悪だ。

ここしばらく、先輩くんが後方支援してきた彼女の選挙活動が、水泡と化したというのだから……、泡沫候補でもないのに水泡と化したと言うのだから。

同情を禁じ得ない。

「またもやざまあみろと言えない展開か……、やれやれ」

「お前は何かにつけ悪態《あくたい》をつかずにはいられないのか。まめなのか。なにが『またもやだ、お前のメンタルにもやもやするぜ」

再び不良くんに怒られたが、今回の怒りかたには愛があった……、とりあえず、クラスメイトの現状は確認できたので、彼もぴりぴり状態ではなくなったらしい。ならばわたしもびくびく状態を解除してもよさそうだ。

ただ、先輩くんの言う『最悪』は、決してここまでの努力が無に帰したことを指しているわけではないらしかった……、優秀な生徒会長の視線は、過去ではなく未来を向いていた。

「長縄さんが立候補できないとなると、政権が交代するということなのですよ。それが最悪なのです」

政権が交代？　大仰な物言いだ。

いやでも、言われてみれば的を射てはいる。

先輩くんが後継者と目していた長縄さんが立候補を取り下げざるを得ないとなれば、当然ながら、これまで泡沫と目されていた他の候補者に……、不良くんいわく『めぼしい候補者』ではなかった他の候補者に、目が出てくるわけだ。

にょきにょき出てくるわけだ。つまり……。

「そっか……、先輩くんの息のかかった候補者がいなくなるんだから、もう次の世代を傀儡《かいらい》政権にはできないんだね。先輩くんの名誉会長の夢が、叶《かな》わなくなるんだ」

「『息のかかった』という表現、『傀儡政権』という言いかた、『名誉会長の夢』という偏見はともかくとして、まとめるとそういうことです」

「でもまあ、それは仕方のないことなんじゃないですか？　いつまでも権力に固執するのはよくないですよ。あなたの時代も永遠じゃありません。終わったんです。それよりも、長縄さんが大事なかったことを喜びましょう」

クズが自らの失点を回復しようと躍起になっていたが、反権力の象徴であるはずの不良くんは「眉美、そういうことじゃねえんだよ」と指摘してきた。

なんと。わたしが指摘されることがあろうとは。

指弾されることはあると思ってたけど。

「このロリコンは自分が権力を失うことを憂《うれ》いているわけじゃなくってよ、他の奴が生徒会長になることのほうを、憂いているんだよ」

なんだそりゃ。どう違うのだ？

「よくわからないなあ。生徒会長なんて誰がなっても同じでしょ？」

「現役の生徒会長を前に、問題発言をしてくれますね、眉美さん」

「要は、ナガヒロの肝いりである長縄以外の奴が生徒会長になったところで、そいつが学園側と対等にやりあえるわけがねえってこったよ。生徒会が学園側の言いなりになる将来像が、目に見えているってことだ」

ああ！　なるほど、そういうことね。

だったら最初からそう言ってくれればいいのに！

これまでも何度か言及してきたように、かつては自由と自主性を重んじていた指輪学園は、年々、生徒を締め付ける効率型の校風へと移行しつつある……、その煽《あお》りを食って学校から追放された先生もいるくらいだし、芸術系の授業や文化系部活動が、がりがり削られ続けている現状である。

わたし達がこうしてくつろいでいる美術室にしたって――派手に飾り付けて、天蓋《てんがい》つきのベッドを設置し、豪奢《ごうしゃ》なソファや瀟洒《しょうしゃ》なテーブルを据え置き、あろうことか天井絵まで描いてしまった美術室にしたって――そのカリキュラム変更の結果としての、空き教室である。

ちゃっかり恩恵に預っていることを考えると、そうした変更も一概に否定したものでもないのかもしれないけれど、まあ、そんな動きに対して生徒側の意見を取りまとめていたのが、現生徒会執行部、すなわち咲口政権なのだった。

単純に締め付けに反対するのでもなく、さりとて従順に言うことをきくわけでもなく、時にのらりくらりと、時に俊敏に、巧みに学園側とわたりあってきた――約三年にわたって。

そんな先輩くんは、学園側にとっては、頼れる生徒会長であると同時に、悩みの種の生徒会長でもあっただろう――全校生徒の代表者である彼が、同時にまさしく、全校生徒の代弁者でもあり続けてきたのだから。

先輩くんとしては当然、自分が引退したあとも、そんな体制を――学園側と生徒側の均衡体制を保《たも》とうと、副会長を後押しすることにしたのだろうが、その計画が交通事故によってあえなく瓦解《がかい》してしまったのだ。

最悪である。最悪でしかない。

先輩くんにとってと言うより、長縄さんにとってでもなく、指輪学園中等部の生徒にとって、最悪だ――事実上、ここから先、校風は学園側の思うがままになってしまうのだから。

咲口長広と同じことができる生徒が、直属の後継者を除けば、他にいるとは思えない。政権が移行されるどころか、それは政権の消失にも等しい。言いかたの難しいところではあるけれど、無法地帯ならぬ、縛られまくった遵法地帯に、指輪学園が生まれ変わるわけだ。

「ええ。長縄さんもすっかり落ち込んでいますよ。事故に遭ったことよりも、立候補を取り下げざるを得ないことに、へこんでしまっています」

「ええ？　あの雪女がへこんでるんですか？」

「反省の色が見えねえじゃねえか。色めき立つな」

衝撃のあまりね。でもそれくらいの大ごとなのだろう。

だが、こうなると、他人事《ひとごと》ではない。

わたしだって指輪学園中等部の生徒であることに違いはないのだ。ロリコンが悩んでいることを、ただ笑ってはいられない。

案を出さなければ。プランを練らなければ。

「生徒会執行部の、他のメンバーを立候補させればいいんじゃないですか？　副会長が無理でも、書記だったり会計だったり、生徒会執行部は他にも優秀な人材は抱《かか》えているでしょう？」

まあ、冷徹怜悧《れいり》の副会長に比べれば、別の役員達の知名度は落ちるけれども（実際、わたしも名前を知らない）、しかし、咲口現会長が後押しするのなら、彼らを応援しようという気になる生徒は少なくないはずだ。

「そういう投票姿勢が政治を駄目にしていくんだけどな。本人よりも派閥を見るなんて、『森を見て木を見ず』だぜ」

不良くんが例によって風刺を利かせてきた。

まあ、政治なんて一番風刺の利かせやすいジャンルだからな……、うんうん、入院したクラスメイトの心配をしている不良くんよりは、わたしはそっちの不良くんのほうが好きだよ。

嫉妬《しっと》してるとかじゃなくてね！

ただ、わたしが提案した、誰でも思いつく名プランに、先輩くんは「いざとなればそうするしかないでしょうが、無理強《むりじ》いはできませんからね」と、あまり乗り気ではないご様子だった。

おやおや。

自分の意見を頭ごなしに否定されたことに気を悪くしたわたしは、もとい、その様子が心から心配になったわたしは、「どういうことですか？」と訊《き》く。

「無理強いって。執行部のメンバーは先輩くんの命令には絶対服従でしょう？」

「言いかた」

短く怒られた。

わたしの人格を正すのに、省エネで臨まないで欲しい。

「だからこそ無理強いはできないんですよ、眉美さん。もちろん、彼らも志があって執行部に参加してくれている生徒なのですから、私が殊更言うまでもなく、立候補しようとするかもしれません。しかし、もしも彼らが、私の姿勢を継ぐ生徒会長になるために立候補して――」

と。

先輩くんはため息とともに言った。

「――また交通事故に遭ったら、顔向けできませんよ」

3 D坂の交通事故

美少年が顔向けできないと言っているのだからよっぽどのことだったが、しかしどうあれ、それは耳を疑う発言だった――また交通事故に遭ったら？

また？

おいおい。それじゃあまるで長縄さんが、次期生徒会長に立候補したばかりに、交通事故に遭ったみたいじゃないか。

そんなことってある？

立候補を取り下げさせるために、何者かが故意に長縄さんを轢《ひ》いたとか――

「馬鹿馬鹿《ばかばか》しい。たかが中学校の生徒会選挙だぜ――とも言えないか。指輪学園の運営を、あの指輪財団がおこなっていることを思えば」

確かに。

通っている生徒の中にも、いいところのお坊ちゃん、良家のお嬢さまは少なくないし、『たかが生徒会選挙』と言うには、結構な利権ががんじがらめに絡んでいる。

大袈裟《おおげさ》な話じゃない。

事実、先輩くんが生徒会長になることによって、学園側は掲げていた運営方針を、少なからず滞らさねばならなかったのだ――それを金額に換算すれば、そこそこのスケールにはなるのではなかろうか？

つまり損害を被っているということだ。

だからと言って、その体制を嫌う者が、体制の後継者である長縄さんを轢いたと見るのは、相当に短絡的と言うか、いささか陰謀論めいているけれど。

「――長縄さんを轢いたクルマの運転手は、どういう人だったんですか？」

「ひき逃げですよ。当然、警察には届けていますが、犯人はまだ捕まっていません」

怪しさを加速させてくれる情報じゃないか。

ひき逃げ……。

正直なところ、わたしはA組の優等生である長縄さんとの接点は、ほぼゼロに等しかったし（廊下ですれ違いざまに何度か見下されたことがあるくらいだ）、彼女が交通事故に遭って立候補できなくなったと聞いても、『あんまり過度に同情し過ぎるのも、わざとらしくって筋違いかなー』というような、あくまで他人事として、適切な距離を取った気持ちだったのだが、しかしひき逃げとなると、しかも意図的なひき逃げとなると、話は違ってくる。

クズにも義侠心《ぎきょうしん》はある。

ただ、それでも常識的には考えにくい……、たとえ莫大《ばくだい》な利権が絡んでいるにしても、そのために、女子中学生を轢くか？　雪女と呼ばれているだけで、その実体は思春期の、十代半ばの子供だよ？

「目撃者はいないんですか？　犯人が特定できれば……」

「残念ながら、D坂での交通事故でして」

D坂。

なんとなく不穏な響きのある名称だが、なんのことはない、指輪学園の周囲にある四つの坂のひとつで、『A坂・B坂・C坂・D坂』のD坂である。

A坂から順に人通りが多い順だ。

つまり、D坂はこの辺りで一番人気《ひとけ》が少ない。

まあ、髪飾中学校に近い道になるので、下校路として敬遠されているD坂なのだが、そこは強気な雪女女史である、あえてその道を避けようとはしなかったのだろう……、それが裏目に出たわけか？

いや、交通事故に目撃者がいないのがたまたまなのか、それとも、目撃者がいないタイミングを狙《ねら》って轢かれたのかは不明だ。

「あ、でも、当人である長縄さんは覚えているんじゃないですか？　どんなクルマに轢かれたかって……」

「それが、事故当時のことはよく覚えていないそうで……、入院して、意識が回復したのちも、記憶がはっきりしないそうです」

優秀な後継者らしくもないと思うものの、そりゃそうか。意識が回復したということは、つまりそれまで意識を失っていたと言うことだろうし、轢かれた記憶が吹っ飛んでしまうのは、自然なことである。

「責められないわ」

「責めるつもりだったのか？　入院中の女子を」

恐ろしい奴だな、と不良くん。

番長に恐れられてしまった。ただ者じゃないなあ、わたし。

ともかく、今ここで軽々に真相は決めつけられないにしても、そんな危惧《きぐ》が現実的にある以上、先輩くんとしてはおいそれと、長縄さんの代役を立てることはできないというわけか——うーん。

「でも、いいんですか？　先輩くん。それじゃあ敵の卑劣な手に屈したようなものじゃないですか」

「敵。まあ、そんな勢力がいるとすればですが」

「いないんだったらここで退くのも馬鹿みたいですし、いるんだったらなおさら、そんな脅しに屈するべきじゃありませんよ。きっと執行部のメンバーは、危険を顧みずに立候補してくれるはずです」

わたしだったら間違いなくそうします！

義憤にかられた勢いで、うっかりそうテーブルを叩《たた》いてしまった。

こういうのを感情に流されたと言う。

咲口現生徒会長は、「あなたならきっとそう言ってくれると思っていましたよ、眉美さん」と、我が意を得たりと頷《うなず》いた——まるでここまでの会話が、すべて振りであったかのように。

愚痴でも相談でもなく、話術であったかのように。

政治的な権謀術数であったかのように。

「そこで、眉美さんに折り入ってお願いがあるのですが――美少年探偵団の任務として、副リーダーから」

なんじゃらほい？

4　潜入立候補

「いやいやいやいやいや、無理ですって！　勘弁してくださいよ先輩くん！　わたしが全幅の信頼をおける後輩だから、ここぞというところで頼りたくなる気持ちはわかりますけれど！」

「いえ、轢かれてもいいと思える後輩が、知っている下級生の中であなたしか思いつかなかっただけです」

「確かに、他の奴だったらそうはいかないけれど、眉美だったらたとえ陰謀の末に轢かれても、それはそれで最高と言えるもんな」

生徒会長と番長から、よってたかってひどいことを言われている。轢かれたときに『最高だ！』って言われるような奴なのか、わたしは。

普段のおこないが悪過ぎる。普段何してる奴なんだよ。

「轢かれてもいいって思える奴なんて、なかなかいないぜ」

「いや、本来、ひとりだっていちゃ駄目でしょ」

だが、そんなひとりなわたしだからこそ言えることがある……、そんなわたしに生徒会長なんて、務まるわけがないじゃないか。

「生徒会長なんて誰がやっても同じなのでしょう？」

揚げ足を取りに来やがった。

生足くん相手にやってあげてよ。

やれやれ、スピーチの名手の口八丁には勝てそうもない。そうやって人を論破した気になっていればいいさ、わたしはもう帰らせてもらう。

というわけにはいかないか。

半年前の、屋上で見えない星を探していた頃のわたしだったら、こんな頼まれごとは真っ平だとしっぽを巻いていただろうし、学園の運営方針がどうなろうと、来年には卒業してしまうわたしには関係ないと割り切っていたに違いない。芸術・文化系の授業が減ろうが、体育がなくなろうが、それはそれでいいんじゃないのと、知ったような口を利きながら投げやりに、相対的な理解を示していたかもしれない……、けれど、現代のパノラマ島で、元美術教師・永久井《とわい》こわ子《こ》先生の課外授業を受けた身としては……、そして美少年探偵団の一員としては、こう言わなければならないだろう。

そのスタンスは、美しくないと。

わたしは『つきあってられないわよ』という代わりに、不良くんに、「おかわり。おかわり?」と空になったカップを示した。

「へいへい。おあがり」

期せずして韻の踏み合いになってしまった。

それはともかくとして。

「でも、実際問題、わたしじゃ無理だと思いますよ。そりゃあクルマに轢かれるくらい、どうってことはないですけれど」

「何者だお前は」

「クルマに轢かれるのがわたしの生き甲斐《いがい》ですけれど、生徒会長となると話は別ですよ。わたしが立候補して、誰が投票してくれるって言うんですか。アンダードッグ効果というのは聞いたことがありますけれど、救いようのないクズ効果というのは、寡聞にして知りません」

「自虐的過ぎますね」

呆《あき》れたように、先輩くん。

「確かにあなたはクズですが、救いようがないというほどではありませんよ」

やった！　褒められた！

違う！　クズって追認されてる！

「大丈夫ですよ。正式に私が推薦するのですから、少なくとも最低限の格好はつきます。一票も入らなくて大恥をかくというようなことはありません」

「一票も入らないまでの心配はしていませんでしたけれど……」

クズ単体ではどれだけ支持されていないと思っているんだ。わたしだってクラスに友達くらいいるぞ、学校でしか会わない友達が。

「ただし、先輩くん。わたしが恥をかかなければいいってことでもないでしょう？　わたしは自分勝手な人間ではないのです。立候補するからにはちゃんと当選して、この学園をよりよくしたいと思うのです」

「早速選挙演説っぽくなってんじゃねえか。乗せられやす過ぎるだろ。そんな奴、仮に当選したとしても、あっという間に大人に言いくるめられて、言いなり生徒会長の一丁あがりだろ」

なんだこの不良。野次を飛ばしてきやがって。

敵か味方かどっちだ。

「心配いりません。そのときこそ私の傀儡政権に……、ごほんごほん」

ごほんごほん?

美声のナガヒロがなぜそんな喉《のど》を痛めるような咳《せき》を。

「もとい、心配いりません執行部のメンバーとして、退院した長縄さんが、眉美さんをフォローしてくれることでしょうからね」

雪女がわたしの部下になるということ?

やりにくそう!

「困ったなあ。A組の生徒を従えるなんて、身の程を弁えているわたしには務まりっこないですよ……、不良くん、さっきのアップルパイ、持って帰るからもう一枚焼いて、包んでくれる?」

「俺もA組なんだけどな」

そうでした。クラスメイトなんだったね。

まあ、今から当選したあとのことなんて考えても仕方ないか……、取らぬ政権の皮算用。傀儡政権どころか、立候補者としてもお飾りと来れば、そこで悩んでもラチがあかない。

「だけどなあ、やっぱりわたしじゃ役不足だと思うなあ。さあ！　役不足の使いかたを間違えたわよ、好きなだけ突っ込んで！」

「お前に不足しているのは役じゃねえよ」

求めていたのはそういう突っ込みじゃない。

「そこまで言うなら不良くんが立候補すればいいじゃない。番長として支持されてるんでしょ？　わたしと同じで、クルマに轢かれるのが生き甲斐なんでしょ？」

「そんな変態はお前だけだ。そして俺のことをナガヒロが後援して、誰がそれを信じるんだよ」

ああ、そっか。その点には説得力がないといけないわけだ……、かと言って、後援なしだと『ミチルくんグループ』は、少数精鋭だし、組織票は期待できない。

「わたしだってまず、こんな目つきと態度と性格の悪い悪ガキには、投票しないしね……」

「お前を投げ捨ててやろうか。そこの窓から」

四階ですよ？

「イギリスだったら三階ですよ」

お洒落《しゃれ》に助け船を出されたが、三階でも窓から投げ捨てられたら死ぬわい。

「じゃあ、えーっと、生足くんとか、天才児くんとか……」

言いながら、それもまた無理があると、認めざるを得なかった……、そもそも、美少年探偵団の面々は、美術室の外では没交渉だ。

生徒会長と番長との対立は言うまでもないにしても、生足くんや天才児くんも、生徒会執行部とは距離を置いている。

陸上部の一年生エースが立候補しようとしたら運動部連合が阻止するだろうし、理事会……、ひいては指輪財団との絡みを思えば、御曹司《おんぞうし》である天才児くんが立候補するのは、あまりいい印象を与えない。そうでなくともあのうら若き芸術家が、政治活動に携わることをよしとするとは思えない。

不良くんや生足くんや天才児くんでは、名前があまりに強過ぎて、『咲口長広の後継者』にはなり得ないわけだ。

なんてことだ、無名で何年の何組の誰なのかわからない、男装女子しか、長縄さんの代役たり得ないなんて……。

「あ、そうだ。リーダーが……、なんでもないです」

美少年探偵団を率いる団長、双頭院学《そうとういんまなぶ》くんに、クルマに轢かれるかもしれない役を任じようというわたしの間抜けな提案は、忠誠心の高い生徒会長と忠誠心の高い番長のダブル一瞥《いちべつ》で、自主的に取り下げるしかなかった。

「わたしが轢かれます。なので、どうか犯人を、『D坂のひき逃げ犯』を突き止めてください」

「クズで卑屈なのかよ。本当に救いようがないじゃないか」

『D坂のひき逃げ犯』はいいネーミングだけどな、と、不良くん。

「お前だって轢かれねえよ。ちゃんと俺らがガードする」

「おっと、わたしに恩を売って、いったい何を企《たくら》んでいるのかな?」

「どれだけ守り甲斐がない奴なんだ、お前は」

「言っておくけれど、わたしは命を助けられた程度じゃ、恩には着ないよ?」

「着ろよ。命だぞ?」

そうでなくとも、どの道、初等部の生徒であるリーダーが生徒会選挙に立候補することはできないのだった。

まあ、先輩くんも、三年生の中になら、危険を伴う頼みごとができる気の置けない友人のひとりやふたりはいるのかもしれないけれど、次期生徒会長への立候補となると、こればっかりは後輩の中から人材を見つけざるを得ないものね。

というわけで、美少年探偵団の、此度《こたび》のミッションはふたつ。

当然ながら、①わたしを当選させること。

そして、もしも存在するのであれば②『D坂のひき逃げ犯』を突き止めること。

……たとえひき逃げ犯が存在しなかったとしても、それでも①のほうが難しそうだって、やっぱり思っちゃうよね？　こうなれば、みんなにはわたしの魅力を再発見してもらわないと。

「再発見？　まるで一度でも発見されたことがあるかのような物言いだが……」

不良くんのそんなごもっともな呟《つぶや》きをもって、この日のお茶会はお開きとなった。

5　選挙戦略

翌朝、と言うか早朝、かけられた招集に応じて美術室に向かうと（多くは語らないけれど、わたしの男子用制服のポッケには、着信専用みたいなGPS機能つきの子供ケータイが支給されていて、いつでも好きなときにどこでも好きな場所に、美少年どもがわたしを呼び出せる仕組みになっている）、私を生徒会長に当選させるための選挙スタッフが勢揃《せいぞろ》いしていた。

つまり、美少年探偵団の面々が勢揃いしていた。

「はっはっは！　聞いたよ瞳島眉美くん！　きみはいったいどこまで献身的で美しい精神の持ち主なんだ、ナガヒロの右腕のために、そして学園のために、自ら名乗りをあげるだなんて、いやはや、きみをメンバーと見込んだ僕の美しい目に狂いはなかった！　いや、狂いがないのはきみの目だったのかな、『美観のマユミ』？」

団長がうるさい。

そしてハグしてくるのやめて。

他のメンバーが殺意を込めた、狂気じみた目でわたしを見てくるから。

「もちろん僕はきみの青雲の志を全力サポートさせてもらうよ、及ばずながら力になろう！　もっとも、きみはこういうかもしれないけれどね――『リーダー、青雲の志ではなく、星雲の志です』とね！」

「そんなことは言わない。わたしのスケールは宇宙規模では――」

おっと。

リーダーの意見を否定すると、他の四人の視線が益々痛いや。

こんな絶対的独裁体制の敷かれたグループに所属しておきながら民主的選挙に打って出るなんて、考えてみれば滅茶苦茶《めちゃくちゃ》な話なのだけれど、こうなってしまえば乗りかかった船だ。

初等部に属する小学五年生（小五郎《こごろう》）であるリーダーの力は『及ばずながら』どころか、投票権さえないけれども、しかしまあ、気持ちだけはもらっておこう。

その美しい気持ちだけは。

「眉美ちゃん、選挙公約には是非、『女子の黒スト禁止』を盛り込んでよね。そしたらボクが支持するから」

生足くん、冬でも一月でも半ズボンの足利飆太《あしかがひょうた》くんが、挙手をして、面白がるようにそんなことを言ってきた——挙手をしてまで言うようなことか。なんならラインダンスみたいに、足を挙げて言えばいい。

指輪学園中等部の女子生徒が、こぞって黒ストを穿《は》いている理由は、『美脚のヒョータ』のむき出しにされた御御足《おみあし》が輝かし過ぎるからというのが理由なので、本当にそれを望むのであれば、きみが学園の容儀規程通り、長ズボンを穿けばいいだけのことなのだけれどね。

「嫌だ。ボクはそんな決まりに縛られた学園生活は真っ平だよ。自由と自主性、結構じゃないの」

わたしは男子がショートパンツを穿く学園を実現するために、生徒会長に立候補するわけじゃないんだけれど……、まあ、ここで生足くんが先輩くんと対立構造にならないのなら、それに越したことはないか。

「体力班のボクとしては、ミチルとかわりばんこに眉美ちゃんにはりついてボディーガードをするって感じなのかな？　送り迎えは任しといて。リアルにはりつくから」

「リアルにはりつくのはやめて」

「なんならおんぶして送迎してあげてもいいよ。いい美脚トレーニングになりそうだ」

ファンに殺されるよ、わたしが。

D坂の殺人事件が起こってしまう。

「俺をさらっと、ボディーガード班に組み込んでるけどよ。ひき逃げ犯の特定も、警察任せにゃしてらんねーだろ？　探りを入れてみたけれど、あんまり腰を入れて取り組んでくれてねーみたいだぜ？」

探りを入れてみたって言うのは、警察内部に探りを入れてみたってこと？　どんな人脈を持っているんだ、この番長は。

不良生活が長ければ、刑事さんの知り合いもそれだけ増えるのだろうか……、まあ、ひき逃げと言っても、被害者の長縄さんの命に別状はなかったわけだし、真面目《まじめ》に調べていないわけではなくっとも、最優先の捜査対象とはならないのかもしれない。

「なるほど！　それは言えているな。瘦《や》せても枯れても美しくとも、僕達は探偵団だからね、犯人の特定もミッションだ！　推理はミチルに任せよう！」

「え？　リーダー、このごろつきが推理担当なの？」

「お前の差別的な発言は、いつか致命的な舌禍を巻き起こすぞ」

モラリストのごろつきに怒られた。

表現の自由を縛ってくるとはいい度胸だ。

でもまあ、実のところ、これはリーダーらしい采配《さいはい》と言うか、適材適所でもあった……、いろいろ雑なようでいて、何気に考えることに向いている不良くんなのだ。

「きっと不良生徒ゆえに、犯人の思考をイメージしやすいのよね」

「お前の思考をまったくイメージできていないから、それはない。お前が一番危険で割を食っている立場にいるんじゃなきゃ、本当にぶん殴ってるからな？」

「はいはい。おなかすいた」

「おなかすいたって言えば俺が許すと思うな。……何食べたい？」

いい子いい子。

「……しかし、眉美のクズはいつものこととして、俺でいいのかって気持ちはあるぜ。ごちゃごちゃ考えるのは、ナガヒロの責任じゃねえのか？」

「私は選挙戦略を練るのが仕事ですよ。そうですよね、リーダー？」

と、先輩くん。

そりゃそうだろう。

今回、確かに矢面に立つのはわたしだけれど、しかし、本当に大変なのは、それを後方支援する先輩くんであるとも言える……、究極、得票率が最下位に終わったとしても、わたし個人は恥をかくだけだが、しかし、そんな奴を支持した咲口長広現生徒会長は、沽券《こけん》にかかわる事態になる。

立つ鳥あとを濁《にご》したと言うか、晩節を汚したと言うか……、そこそこの誹謗《ひぼう》中傷を浴びることになりかねない。

「私の名誉など、学園の未来に比べたら取るに足りないことですよ」

「何を言うんだよ、ナガヒロ。ロリコンから名誉を取ったら何が残るんだ」

「ロリコンに名誉なんてありませんよ。親が勝手に決めた六歳だと、何度言えばわかるのですか」

親が六歳と決めたわけじゃないだろうに。

生足くんと先輩くんのやりとりも、わたしのクズと同様いつものこととして、わたしが立候補したことが逆効果を生んでしまっては、元も子もない。

そういう意味でも、責任は重い。

本来、楽勝ムードだったはずの選挙戦が、期せずして先輩くんにとっての、最後の大勝負になってしまったわけだ。

「具体的な選挙活動や、公約の作成、校内各所でのスピーチについては、私が力になれるでしょう。実際にそれをおこなうのはあくまで眉美さんですが」

やれやれ。合唱コンクールに続いて、またボイストレーニングか。あれおなかを触られまくるから、ちょっとやなんだよな。肉付き具合がバレるのも嫌だし、美形嫌いを公言している身としては、美形に触られてドギマギしちゃってることがバレるのも嫌だ。

でもそんなことは言っていられない。

おなかを触られるどころではない肉体改造が、立候補の前提になってくるのだから……、わたしは、リーダーのうしろにつつましやかに控《ひか》えて、ここまでずっと黙っている天才児くん、指輪学園の御曹司、指輪創作《ゆびわそうさく》くんへと目をやった。

彼は静かに頷いた。

無愛想《ぶあいそう》どころではないけれど、ずっと無視されていた初期に比べれば、感動して泣きたくなるようなリアクションと言える――その頷きは小さな頷きだが、わたしにとってはヘッドバンギングである。

「そうだな。今日からは眉美くんの男装は、ソーサクが担当したほうがいいだろう。眉美くんの内面の美しさを、誰もに見えるように可視化してやってくれたまえ」

と、リーダーが、天才児くんをわたしの専属スタイリストとして任命した。

振り返ってみれば、わたしが最初に男装したとき、わたしを見目麗しい『美少年』に改造してくれたのが天才児くんである。

改造というか、一から作ったようなものだ。

錬金術ならぬ錬美術だ。

内面の美しさなんて持たないわたしを美しく仕立てるというのは、芸術家として、挑み甲斐のある課題だったのかもしれない——、再びそれに挑めるとあって、どこか腕まくりをしたようにも見える天才児くんだった。

まあ、男装女装って言うのはないにしても、実際の選挙戦でも、候補者のファッションには、相当気を遣うらしいし——ポスター作りなんかの技術班も、天才児くんが担当することになるのだろう。

任せるしかない。

わたしの精神的クズさを、最新のCDG技術で覆《おお》い隠《かく》してほしい。

「CDG？　お前はシャルル・ド・ゴール空港で加工されるのか？」

「うるさいな、この不良は。そっち方面は明るくないのよ」

「じゃあどっち方面に明るいんだよ。お前、どの方面を向いても暗黒のように根暗じゃねえか」

言われるまでもない。

生徒会長どころか、学級委員長にだって立候補したことのないこのわたしだ——人前に出るのに向いているわけがない。

今だって本当は逃げ出したいと思っている。

ただ、その一方で、選挙スタッフがここまでの布陣となると、これで落選したら本当にクズだという気もする——わたしもできる限りのことをしなくては。

……あと、本音を言えば、深刻な事情や真剣なわだかまりを全部抜きにして言わせてもらえれば、天才児くんにスタイリングしてもらえるというのは、結構マジで嬉《うれ》しかったり、内心浮き浮きはしゃいでいたりする。

わたしの男装術も、日々こつこつ磨《みが》かれてはいるのだけれど、やはり最初に彼が施してくれた芸術的美少年の域にはまるで達していない。

選挙期間中だけでも、あのレベルの美少年体験をさせていただけるのであれば、もうわたしは、身体のサイズを全部計られようと、丸裸にされようと、構わないとさえ言える。

まあ、ボイストレーニングの件もそうだけれど、先の冬休み、同じテントで野宿同然の雑魚寝《ざこね》キャンプしておいて、今更この美少年連中を相手に羞恥心《しゅうちしん》など、あってないようなものだった。

女子として見られていないどころか、女子として見られた瞬間、追放される。わたしも先輩くんが周囲にはべらしている女子のひとりなんて話もあったけれど、美少年探偵団は団結力が高い分、見方を変えれば、結構排他的なグループでもある。

「選挙戦は相当歩き回ることになるからねー。足のマッサージなら、ボクが担当してあげてもいいけどー」

「…………」

女子として見られていなくても、女体として見られているケースはありそうだった。あんまり気を緩《ゆる》め過ぎるのもよくないな。

ここは自分の部屋じゃないんだ。

「んじゃ、役割分担はそんな感じでいいとしてよ……、実際のところ、どうなんだ、ナガヒロ？　リアルに分析すると、俺らの根暗に勝ち目はあるのか？」

俺らの根暗って言うな。

今やすっかり、クズと根暗がわたしの代名詞になってる。

「必ずしも負け戦ではありませんよ。勝機はあります……、勝算もあります。そうでなければ、眉美さんを引っ張り出したりはしませんよ。ただし、相当際《きわ》どい戦いにはなるでしょうね」

そりゃあそうだろう。

長縄さんの代理で立候補する形のわたしだけれど、当然のことながら、それはイコールで、長縄さんに期待されていた票数が、そのまままわたしに流れてくるということにはならない。

長縄さんは現生徒会長の基盤を引き継ぐ後継者であるだけでなく、副会長として、雪女として、これまで培ってきた属人的な信頼がある。

派閥票だけじゃない。

たとえ同様に先輩くんが支援してくれたところで、わたしはあくまで『誰だこいつ？』である——知名度はほぼゼロだ。

一部で、一風変わった男装女子として知られている程度で、それだって、名前まで知れ渡っているとは思えない——ともすれば、右腕を失った先輩くんが、苦《くる》し紛《まぎ》れに擁立した候補としか見なされないだろう。

「それはそのほうがいいんですよ。それで政敵が油断してくれればめっけものです」

ふむ。そういうものか。

さすが美少年探偵団の知恵袋。

単に『クルマに轢かれてもいいから』というだけの理由で、わたしに白羽の矢を立てたわけではなさそうだ――わたしとしては白羽の矢どころか、まんま白刃を立てられたような気分だけれども。

「ライバルはいるの？　和菜ちゃんがリタイアした結果、生徒会長の座を得られそうな候補者って、誰になるの？」

生足くんの質問。

上級生である長縄さんを、かつ雪女である長縄さんを、軽やかに『和菜ちゃん』呼ばわりしていることはともかく、それは確かに気になる点ではあった――ライバルなんて、現時点のわたしじゃ恐れ多いにも程があるけれど、仮想敵ではあるはずだ。

長縄さんを除けば、めぼしい候補者はいないというのが不良くんの調査結果だったけれども、それでも長縄さんが実際に除かれた以上、誰かがトップ候補者になったはずである。

「一概には言えませんが、これまでの情勢を分析する限り、今一番強いのは、二年B組の沃野《よくや》くんですよ」

「B組？」

わたしは思わず声を出した。

A組の生徒じゃないというのも意外だったけれど、B組というのも驚きだった——それはわたしの属するクラスだったからだ。

でも、『沃野くん』なんていたっけな？

わたしは生足くんのほうを向いた。

「ボクは男子生徒については詳しくないな……」

だろうね。

詳しいのは学園中の女子生徒のことだけだよね。

まあ、わたしもクラスになじんでいるほうとは言えないし、名前を覚えていないだけで、顔を見ればさすがにわかるだろうけれど……、そんな存在感のない生徒が、現在のトップ候補者というのは、なんだか違和感があった。

「確かに、存在感のないお前に存在感がないって言われる奴が、そもそも生徒会長に立候補しているってのが不思議だな」

不良くんの疑念ははなはだ失礼でもあったが、正しくもあった。

わたしが知らないというだけで、まさか泡沫候補扱いするわけにはいかないけれど、なんて言うか、ライバルや仮想敵として見なすには、いささか張り合いがないと言うか、どこか拍子抜《ひょうしぬ》けな感も否めない……。

沃野くんねえ。

「ええ。私も調べては見ましたけれど、特段、変わったところのある生徒ではないようです。成績も中の中、部活動には所属していません……、賞罰もありません。強《し》いて言えば、特徴がないのが特徴ですね――その『何もなさ』は、こちらとしては逆に戦略を立てづらいとも言えます」

選挙活動も今のところ、取り立てて何もしていないようです――と、先輩くんは先輩くんで、困ったように言った。

選挙活動をまったくおこなわないという選挙活動もあるそうだから、ひょっとすると沃野くんはその手を使っているのかもしれないと、わたしは漠然と考えたけれど、

「してるのかもしれねーぜ」

と、不良くんが、神妙な口調で言った。

「同学年の俺も、その沃野って奴のことは知らねーけど――でも、長縄が入院したことでトップ候補者に躍り出たってことは、ある意味で、D坂の交通事故が起こって一番得をしたのが、そいつだってことにならねーか？」

6　疑惑

選挙活動としてのひき逃げだった——と言うのは、あまりに無理がある、こじつけの推理のようにも思えたけれど、しかし、即座に否定するわけにはいかなかった。そもそも、立候補を取り下げさせるために、長縄さんは轢かれたんじゃないかという疑いを、わたし達は持っていた。

ならば、取り下げさせるためだけでなく、任意の候補者を当選させるための事故だったと推理を進めることは、ごく自然だとも言える。

誰が一番利益を得るのか。

推理の基本、クイボノである——だけど。

「いや、俺も別に、その沃野って奴が『D坂のひき逃げ犯』だと決めつけているわけじゃねーよ。つーか、まずそんなことはねーだろうし」

「そ、そうよね。中学生がクルマを運転できるわけないもんね」

「俺はできるけどな」

おう。不意打ちで不良っぷりを見せてきた。

まあ、運転するだけなら、オートマだったらわたしでもできるだろうけれど（私道ならしてもいいんだっけ？）――でも、実際にひき逃げを決行しようと思えば、クルマを調達しなければならない。

クルマを購入するとか、盗難車とか、そういうことになってくると、完全に中学生の枠を超えてくる。

「眉美さんの言う通りですね。いち中学生である沃野くんがクルマを調達できるとは思えません」

その気になればヘリコプターを調達できる非営利団体の副リーダーは、そんな風にかぶりを振った――そして、「ただ、彼のようないち中学生が生徒会長になれば、都合がいいと思っている勢力があるという可能性は、考慮に値します」と続け、天才児くんのほうを見た。

指輪財団の勢力争いが、この件の根っこのところにあるとすれば、御曹司である天才児くんが何か知っているかもしれないと思ってのアイコンタクトだったのだろうが、御曹司からの返答はなかった。

いつも通りの無口だった。

まあ、いくら経営に深く関わっているとは言っても、中学一年生の彼の耳に、そういった『大人の事情』を入れないようにするだけの配慮は、指輪財団にもあるのだろう。

「仮に沃野くんの選挙活動だったとしても、実行犯は別にいるってこと？」

「あまり考え過ぎるなよ。疑心暗鬼に陥《おちい》るのがもっともまずいぜ。すべてが勘違いって可能性が一番高いんだ」

自分で言い出しておきながら、不良くんがなんとも常識的なことを言った——こういうところがあるんだよ、このごろつきは。

「難しい話は終わったかな？　では活動開始だ！」

難しい話というか、美しくない話は聞こえないらしい美少年探偵団のリーダーは、ぱんっ！　と、そこで手を打って、高らかに檄《げき》を飛ばした。

「今日も美しく、少年のように、探偵をしよう！」

そして最高のチームであろう。

最悪の状況でも、最高のチームで。

7　二年B組のクラスメイト

どうやら我がライバルのフルネームは、沃野禁止郎《きんしろう》と言うらしい——沃野という名字のほうはともかくとして、禁止郎というのは、なかなか強気な名前である。

一度聞いたら忘れられそうにないインパクトのある名前と表現したいところだけれど、しかし、実際にはわたしはすっかり忘れていたわけだ——下の名前どころか、名字さえも。

と言うか隣の席だった。

マジかよ。お前だったのか、わたしのライバルは。

選挙戦を戦うわたしの宿敵は——いや、わたしはまだ名乗りさえあげていないので、向こうはわたしのことを、宿敵だなんて思っていないだろうけれども。クラスにいる男装した女子としか見ていないだろうけれど——まあいい。

観察するには好都合だ。

美術室での早朝ブリーフィングを終えて、とりあえず授業に出ることになったわたしだけれど、その際、先輩くんから指令を受けていた——なんにしても現在の筆頭候補であるには違いない沃野くんのことを、授業中や休み時間に二年B組のクラスメイトとして、遠巻きに観察して来なさい、と。

来なさい？

おいおい、いつからわたしに命令できる立場になったんだい？　とは、もちろん言わなかった——いつからと言うなら最初からである。

生来である。

既に指令のうち、『遠巻き』の部分は達成不可能になっているけれども（隣席だ）、しかし、それならそれでやりようがあるというものだ——精神的奴隷には、独立心も大切である。

「ごっめーん！　教科書忘れちゃった！　沃野くん、見せてもらっていい感じ？　いえーい！」

「…………」

と、わたしの名演技に沃野くんは、しばらく黙った後に、がりがりと机を引きずって、わたしの机にひっつけてくれた。

「どうぞ。……えっと、おたく、名前なんだっけ？」

「ど、瞳島です」

向こうもわたしの名前を把握していなかった。

なんだか抜けている、ライバルとのファーストコンタクトだった……。

「うん。……あれ？　その声、ひょっとして、おたく、女の子？」

「えーっと、うん」

「ふうん。そうなんだ」

「そ、そうなの、よろしく」

男装女子であることさえ知られていなかった……、わたしが思っているほど、わたしの奇行は奇行になっていないのかもしれない。

一瞬できょどって、演技の幅が露呈《ろてい》してしまった……、根暗がバレた。

まあ、正直、クラスメイトがどんな服を着ているかなんて、人生に影響して来ないものな……、こんなことでもない限り。

何にしろ、わたしが女子だと知っても、それも男装女子だと知っても、沃野くんは素知らぬ顔だった……、多少は驚いた風ではあったけれど、わたしを値踏みするように、頭から足までさっと見たあと、すぐに黒板を向いてしまった。

うーむ。

軽く色を抜いたような髪の毛は短く刈って、クリームで軽く整えられていて、眉《まゆ》を整える程度のフェイスアレンジ、制服はきちんと着こなしている……、ただし、ネクタイはやや緩めに施されていた。

机に置かれた手の爪《つめ》は、丁寧に切り揃えられている。ささくれや甘皮《あまかわ》などはない。袖《そで》から覗《のぞ》く腕時計は、安物ではないけれど、身《み》の丈《たけ》に合わない高級品というわけでもなさそうだった……、そんなわけで、身だしなみは総じて、不潔ではないが、潔癖という風ではなさそうで……、付け加えると、足下を見てみれば、いかにも男子中学生が好きそうなスニーカーである。

「………」

視点を変えて、教科書を見るわたし。

歴史の授業だった……、奇《く》しくも、民主選挙についての授業だったが、聞いていられない。沃野くんの教科書は、重要語句にラインが引かれていたり、偉人の写真に落書きがされていたり、ページの隅《すみ》に漫画のキャラクターが描かれていたり、まあ、特記事項がないわけでもないのだけれど、しかし、絶対にもれなく特記するほどのことかと言えば、そうでもない、これもまた当たり前の男子中学生という気もする……。

教科書から視線をずらして、ひっつけられた机そのものを見てみると、鉛筆でレタリングされたロックバンド名なんかが描かれていた。

なんだか、個性があるようで、ないようで……、ザ・背伸びした、ザ・大人になりきれない、ザ・中学生みたいな印象だ。

いや、『印象だ』と言ったものの、こんなの、『印象がない』のとほぼ同義だ。いわば『中学生ってこんな感じだよね』の寄せ集めみたいだ……、個性がないわけではなく、個性そのものが没個性。

特徴に特徴がないのが特徴。

そりゃあ、先輩くんの分析や、不良くんのネットワークに引っかかってこないわけだと、どこか納得する一方で、しかし、腑《ふ》に落ちない気分は増大する。

なんでここまでの、無個性ならぬ没個性な沃野くんが、生徒会選挙に立候補したのか……、しかも、立候補を表明した時点では、ほぼ負け戦だったはずなのだ。

現生徒会長が支援する長縄さんの当選は、誰の目にも明らかだった……、選挙戦自体、おこなわなくてもいいんじゃないかと言われていたくらいで——そんな戦局に果敢にも打って出る以上、沃野くんにはなんらかの志があるのだと、わたしは思っていた。

それが青雲の志なのか、それとも、自分が生徒会長になって、ちやほやされていい思いをしたいという欲望でもいいのだけれど、そういう特段の事情があるんじゃないかと……、けれど、そう言った特異なキャラクター性を、ユニークな独自性を、隣の席の彼からは、いい意味でも悪い意味でも感じない。

なんなんだこいつ？

……いや。

これこそ、不良くんの言うところの、疑心暗鬼なのかもしれない……、わたしだって何の志もないのに、次期生徒会長の候補者として担ぎ上げられているじゃないか。志どころか心さえないと言っていい。

ならば沃野くんにもそういう事情があるのかもしれないじゃないか……、そうだ、極端な話、仲間内でのじゃんけんに負けた罰ゲームで、勝ち目のなかった選挙に悪のりで立候補しただけということもありうる。

そんな奴に生徒会長の座が転がり込むのもどうかと思うけれど……、でも、どうあれこの男子が意図的に、盗難車を使って長縄さんを轢いたなんて可能性はなさそうだと、知の巨人であるわたしはそう結論づけた。『そんなことをするような人物には見えませんでした』の極みである。

『美観のマユミ』の目に狂いはないのだ。たぶん。

まあまあ、美少年探偵団に所属して数ヵ月、わたしも磨かれてきたけれど、ある意味、抜群で例外的な美少年を見過ぎたために、その弊害で個性に対して目が肥えてしまったというのもあるだろう……、いけないいけない。

これは一種の増長とも言える。

美少年探偵団のメンバーになったことで、わたしは自分まで特別な人間になった気分に浸り、いわゆる『普通の中学生』を、どこかで下に見てしまっているのだとしたら、これは大問題だ。

いかにも男子中学生だなんて、そんなの、男子中学生なら当たり前じゃないか……、むしろ彼から見れば、男子の格好をして登校するわたしは、無理矢理個性を出そうとしている、痛々しい奴に違いない。

そんなわたしにこうして教科書を見せてくれているだけでも、沃野くんは十分に、いい奴だよ。

そんな彼をあろうことかひき逃げ犯と疑うだなんて、自分が恥ずかしい……、あとで不良くんに相談して、許してもらわなきゃ。

そこで思いついた。

わざわざわたしが立候補しなくても、そしてわざわざ先輩くんが、誰か長縄さんに代わる立候補者を擁立しなくても、当選した沃野くん（でも、他の誰でも）を、当選後に口説いたら、それで万事丸く収まらないだろうか？

当選前にアプローチをすると、もちろん彼も『交通事故』に遭う危険性があるけれど、当選したあとに接触する分には問題ないはずだ……、その場合、沃野くんに志と言うか、強い政治的思想がないほうが、好都合と言える。

冗談でわたしがそうかもしれないみたいな話も出たけれど、学園側にとって、言いなりになりかねない危うい次期生徒会長ならば、それは先輩くんにとっても、必ずしも都合の悪い次期生徒会長ではないのではないか……、彼のプレゼン力があれば、『普通の男子中学生』に志を付与することも、できなくもないのでは？

それは、わたしのようなクズを生徒会長に仕立て上げるより、よほど低コストで済むはずだ……、もちろんこの案は、『そのほうがわたしが楽』という自分の都合も含まれていることは大いに認めた上で、しかし、成功率は高いはず。

そのためには、今のうちにわたしが、美少年探偵団のメンバーとして、沃野くんと伏線となる交流を持っておいたほうがいいかと思って、わたしは授業終了後、教科書を見せてもらったお礼に彼をランチにでも誘おうかと思ったけれど（むろん、不良くんのランチではなく、食堂のランチだ）、

「…………」

すんでのところで思いとどまった。

そういう思い切った決断は、先輩くんやリーダーに相談してからのほうがいいと考えたわけではない……、わたしはホウレンソウを重んじるタイプの下っ端《したっぱ》ではない。そもそも

教科書を見せてもらった時点で、命令違反なのだ……、だから、それ以上深入りしなかったのは、『なんとなく』としか言いようがなかった。

なんとなく。

嫌な感じがしたのだ。

8　ボディーガードの生足くん

理由もなく、偏見で人を嫌ってしまったような罪悪感と共に、わたしは下校することになった――ボディーガードの生足くんと、ふたりでの下校である。

「いやあ、でも眉美ちゃん、そういう直感は大切にしたほうがいいんじゃないかなー。ボクも、あれ？　こいつら誘拐犯かな？　って思ったら、やっぱり誘拐犯だったことは、何度もあるもん」

「何度もあったらおかしいと思うのよ。こいつら誘拐犯かな？　って思ったら、やっぱり誘拐犯だったことは」

過去に三回、誘拐された経験がある生足くんの言葉は、二重の意味で重かった――未遂も含めれば、被害は十回や二十回で済まないのかもしれない。

こうなると、どっちがボディーガードかわからない——下校時にクルマに轢かれるリスクと、誘拐されるリスクとで、ふたりで帰ることでリスクが倍加されたんじゃないかとさえ思う。

「誘拐と言えば、眉美ちゃんも昔、誘拐されたことがあったよねえ」

「懐《なつ》かしむような話じゃないけれどね。……うん、まあ、あのときに比べたら、今回の任務はまだマシか……」

いや、一概にそうは言えない。

確かにあのときも命は危うかったけれど、しかし『トゥエンティーズ』は、わたしに危害を加えようとしない、最低限の紳士性は有していた。

もしも『D坂のひき逃げ犯』が実在するとすれば、彼または彼女は、女子中学生を問答無用で轢くという、かなりの凶悪性を帯びている。

わたしのクズで、その凶悪と対峙《たいじ》できるかと言えば、大いに疑問だ。

「大丈夫だよ。いざとなれば、ボクの美脚で眉美ちゃんを庇《かば》うから。ボクは数メートルだけならクルマよりも速いから、理論的に轢かれない」

チーターみたいなことを言ってるなあ。

飆太だけに、豹《ひょう》だろうか。

模様で区別できるんだっけ？

「楽しみだなあ。眉美ちゃんのくびれた腰に、合法的にタックルできるなんて」

変なわくわくをしないで。

残念ながら、わたしの腰は期待されるほど、くびれていない。

俗人なことを言いながら、きっちり下校路を、紳士にも車道側を歩いてくれる生足くんである——どこまで本気なのかはわからないけれど、わたしを守ろうとしてくれていることは確かなようだ。

まあ、特段こういうケースだからというわけではなく、車道側を歩くというのはジェントルマンのスタンダードな嗜《たしな》みなのかもしれないけれど、男の子だってクルマに轢かれたら痛いよね？

レディーファーストも命懸けだ。

傍目《はため》には、男子がふたり、仲良く横並びで下校しているだけなのだけれど。

「ところで生足くん、部活はいいの？」

「平気平気。自主トレってことにしてる。実際、クルマと勝負するなんて、最高のトレーニングだしね」

「……クルマと勝負はしないでね？」

選挙期間中、不良くんとかわりばんこでの送迎なのだから、まあ、そんなサボりまくることにはならないだろうけれど、わたしごときを守るために生足くんの足が鈍《なま》ってしまうのは、心苦しい。

鈍足《なまあし》くんになってしまう。

実際にこうして下校してみると、大袈裟じゃないかとも思う……、歩道を歩いている分には、危険はないだろうし。

まさか歩道に乗り上げてまでわたしを轢きには来ないだろうし、どうしても車道を歩かねばならないときには、眼鏡を外して、わたし本来の『良過ぎる視力』を発揮すれば、クルマも避けられるんじゃない？

「『まさか』なんて言わないほうがいいよ？　それに、眉美ちゃんの視力じゃ、向かってくるクルマは見えても、避けることはできないでしょ」

「そうなんだけどね……、運動神経が連動しないもの。せめて、ひき逃げ犯の車種くらいわかれば、気をつけようもあるんだけどね。……そう言えば、長縄さんって、どういう状況で轢かれたんだろう？　本人は、よく覚えてないってことだったけれど……」

「そこはミチルが調べてたよ。なんだかんだであいつが一番探偵に向いているんだよねー。料理人探偵。料理をヒントに推理するシェフ」

生足くんもどうやら、わたしと同じで、不良くんの探偵としての資質を認めているようだった……、知らぬは本人ばかりなりか。

料理をヒントにはしないにせよ、教えてあげたほうが親切だろうか。

まあ、でも、不良くんが料理よりも推理を優先するようになったらわたしが困るので、やっぱり秘密にしておこう。

「まあ、眉美ちゃんが沃野ってヒトと同じクラスであるように、ミチルは和菜ちゃんと同じクラスだからね、リサーチしやすいって事情もあったんでしょ。和菜ちゃんは、友達の女の子と携帯電話で話しながら、横断歩道をわたっている最中に、赤信号を走ってきたクルマに轢かれたんだって」

「んー……」

それだけ聞くと、どことなく歩きスマホっぽくて、長縄さんにも責任がある事故のようにも感じる……、ただ、メールやゲームをしながら歩いていたわけではないし、通話というのは、歩きスマホとしてグレーゾーンという気もする。

優先席のそばで通話していたわけじゃないんだし、横断歩道と言っても、信号は青だったわけだし……。

ただ、長縄さんが通話に気を取られている最中を狙って、轢きにかかったという線はありそうだ……。

「そうだねー。でも、逆に言うと、友達との通話中に轢かれたから、人気のないD坂でも、発見が早かったと言えるよ。異常を察知したその友達が、すぐに救急車を呼んだってことだから」

「なるほど」

しかし、雪女にも友達がいたわけだ。そりゃそうか。

そりゃわたしよりはいるよね。

目撃者はいない事故だったけれど、なんと言うか、聴撃者はいたわけだ——ただし、携帯電話を通じてじゃあ、やっぱり車種やナンバー、ドライバーの容貌《ようぼう》などは、わかりようもない。

「うん。それに、彼女も彼女で動揺しちゃって、あんまり確かな証言ができないみたい……、可哀想にね」

確かな証言ができないほど動揺しているのは、クラスの不良に詰問されたせいじゃないかと思わなくもない。

「あいつ、顔怖いんだよなー。わたし、未だにビビっちゃうもん」

「なぜビビってる相手に対して、そこまで強気な発言を繰り返せるの、眉美ちゃんは……、強気どころか悪気だよ」

とは言え、クラスメイトの不良くんよりも、他の誰かがその友達嬢からうまく話を聞き出せるとも思えない。

それ以上の証言は望めまい。

けれど、推理の全部を不良くん任せにするって言うのも、気が進まないな……、事故現場のD坂は、わたしの下校コースからはてんで反対方向になっちゃうのだけれど。

「ねえ、生足くん。ちょっと寄り道していかない？」

「ん？　いいけど、どこへ？」

「えへへ。不良くんの怖いお顔が見たくなっちゃった」

「えへへじゃないよ」

9　現場『見』証

日本国内では、上り坂と下り坂、どっちのほうが多い？　というクイズがある。もちろん正解は『上り坂と下り坂の数は同じ。どんな坂も、上り坂であり、下り坂である』なのだけれど、しかし、この思考実験を現実に即して検討してみると、事態はそう単純ではないことがわかる。

道路には一方通行という概念がある。

一方通行の上り坂や一方通行の下り坂がいったいどれだけあるかを考慮しなければ、この問いの、正しい答は導き出せない——そんなわけで、問題のD坂は、登りの一方通行だった。

これでクイズの解答に一歩近づいたわけだ。

いや、それは歩行者には関係のない話か——実際、わたしと生足くんは、この坂を学園から下ってきたわけだし。

結構勾配のある坂道である。

余談に余談を重ねると、世界で一番急な坂道は、ニュージーランドにあるんだそうだ。なんでもその坂道に、小さなチョコレートボールを大量に転がすというお祭りが有名だそうで——確か、ダニーデンの坂道だっけ？

じゃあ、それもD坂だね。

「おいおい、なんでお前らがこっち来てんだよ。危ねえだろ。まっすぐ家に帰れよ」

出会い頭に、不良くんに怒られた。

番長から直帰を促《うなが》されるとは……。

事故が遭ったという横断歩道の付近にいたのは不良くんだけではなく、なんとリーダーも一緒だった。不良くんのお顔を見に来たわたし達が言うことでもないが、美術室の外で、メンバーが行動を共にするのは珍しい……、これだけおおっぴらに活動しておいてなんだけれど、美少年探偵団は秘密結社なのに。

「はっはっは！　まあ、かように人気のないD坂だから問題もあるまいよ！　警察の現場検証も既に終了しているようだしね！」

あくまで明るい団長だった。

何も考えていないだけとも見えるが。

どうしてリーダーがここにいるのかと不思議だったけれど、そう言えば、役割分担の際、リーダーは何の役割も負っていなかった。

司令塔としてあっちこっち、好きな場所にいるのが自分の任務だと思っているのかもしれない。

「それに、ミチルの心配もわかるが、まだ眉美くんは立候補を表明したわけじゃない。狙って来るとしたら、明日以降だろう！」

それもそうだ。

更に言うなら、D坂だけが危険地帯と言うわけではあるまい……、むしろ一度事故が起きているだけに、D坂こそが一番の安全地帯という風に見ることもできる。不良くんは、それでも、わたし達の考えのない来訪が不満そうで、しばしぶーたれていたけれど、来てしまったものは仕方ないと判断したのか、最終的には諦《あきら》めたようだった。

よしよし。

「けど、残念なことに無駄足だぜ。一通り、この辺を見渡して見たけれど、何もわからなかった。まあ、手がかりが残っていたとしたら、警察が全部、持って行ってるだろうしな」

「でしょうね」

素人探偵団の出る幕などない。

いくら腰を入れて取り組んでなかったとしても、公道で発生した交通事故なのだから、最低限の捜査はおこなわれているはずである——わかりやすいヒントが転がっていたら、回収されているに決まっている。

まあ、でも、そんな手がかりがあったとも思えない——あったら犯人は、既に逮捕されているだろうし。

「電話をしながら、この横断歩道を渡っている最中に、和菜ちゃんはひき逃げされたってことなんだよね？　じゃあ……、想像するに、その辺に倒れていたってことになるのかな？」

生足くんが、ひょいひょいと、道路に躍り出た――おい、信号赤だぞ。クルマより速い自信を持つ美脚のヒョータは、道路交通法には縛られないのかもしれない……、人気のないD坂は、クルマ気もなかったが。

うーん。

そう思うと、ますます、このタイミングでここでひき逃げがあったというのは、出来過ぎという気がしてくる……、長縄さんを狙って、入念に時機を見計らって、わざわざ轢きに来たのだという気が。

「ここら辺かなー。チョークで線が引かれているわけでも、血しぶきが飛び散っているわけでもないから、確定はできないけど」

生足くんが横断歩道の真ん中で足を止めて、そんなことを言う――物怖《ものお》じしない子だ。チョークで線って、死んだわけじゃないんだから。

血しぶきって言うのも、あったらどうするつもりなのだ。

まあ、犯罪被害にあった経験が豊富なのは、頼もしいと見るべきか。

「クルマに轢かれたんなら、もっと派手に吹っ飛んだりするもんじゃねえのか？」

と、不良くんも、赤信号の横断歩道に踏み出した――その際、生足くんと違ってきっちり（一通なのに）左右を確認した辺り、ワルになりきれない彼のモラリストな本性を感じる。

「派手に吹っ飛んでアスファルトに叩きつけられたりしたら、それこそ和菜ちゃん、無事じゃ済まないでしょ。ブレーキを踏みながら、こつんと当たったくらいの事故だったんじゃない？」

「んー。じゃあ、少なくとも殺す気はなかったってことか？　実際は、脅すだけのつもりで、轢くつもりさえなかったのが失敗して当たっちまったとか——」

「けど、脅しだって気付くかな？　脅迫状が届いたって言うならともかく、クルマに轢かれかけただけじゃ、常識的には『不用心だったな』で済んじゃうでしょ」

「だよな。むしろ、『最悪、死んでもいい』ってくらいの気持ちで轢きにかかったって見るべきなのか……」

不良くんと生足くんが、横断歩道の真ん中で推理合戦を繰り広げている……、信号は、赤になったり青になったり点滅したりを繰り返していて、わたしはその間、手持《ても》ち無沙汰《ぶさた》だった。

まだ立候補を表明していないとは言え、一応、ひき逃げをされる可能性を考慮すると、わたしは道路の真ん中でおこなわれる危うげなディスカッションに参加するわけにはいかないし……。

「ねえリーダー……」

なので、この時間を利用して、一応、リーダーの見解を聞いておこうと振り向いてみると、そこに小五郎はいなかった……、あれ？

目を離すといなくなってるとか、子供か？

と思ったが、子供だった。小五郎なのだから。小学五年生なのだから。

だがまずいな。

わたししか見ている奴がいないときにリーダーが迷子になったなんて、知られたら『美脚のヒョータ』の生足でしこたま蹴《け》られ、『美食のミチル』にぺろりとたいらげられてしまうかもしれない。

「団長……？」

奴らの団長に対する忠誠心は異常だ。

幸い、小声で呼びかけながら探してみると、すぐに見つかった——D坂を車の進行方向に登った場所、大通りとの合流地点あたりで、我らが愛すべきリーダーはきょろきょろしていた。

「ここにいたの？　リーダー」

「おっと、眉美くん！　ここに来たということは、きみもどうやら、僕と同じことを考えたようだね！」

え？　いや、たぶん違うけど……。

そんなきらきらしたお目々で問われると、否定もしにくく、「ええ、まあ、そんなところよ」と、曖昧《あいまい》に頷くしかなかった。

知ったかぶりをした。

「さ、参考までに答え合わせをしてもいい？　わたしとリーダーの意見が、どれくらい美しく一致しているのかを確認したいの」

「いいだろう」

どうやら『美しく一致』という言葉が響いたらしく、快《こころよ》くリーダーは、答え合わせに応じてくれた……、答え合わせも何も、わたしはリーダーを探してここに来ただけなんだけど。

答え合わせではなく、話を合わせるしかない。

「ヒョータとミチルは、事故当時の長縄和菜くんの状況を気にしているようだから、僕はひと味違うアプローチをしてみようと思ってね――轢いたクルマは、その後、どちらに向かったのかを検証してみようと思ったのだ」

どちらに向かったのか。

つまり、どこへ逃げたのか――か。

それはなんというか、リーダーらしからぬ、まともな推理だった――一方通行だから、そのまままっすぐこの大通りとの合流地点まで登ってきたとして、ならばその後、左右のどちらに折れたのか？

そうだよね。

クルマが消えてなくなるわけがないんだし――ひき逃げの現場そのものの目撃者はいなくっても、ここから先は、人目につく。

誰にも見られずに逃げ続けることなんて、できっこない――車種やナンバーから特定するのは難しくとも、ひとりの人間を轢いたクルマだ、ライトが割れるとか、ボンネットがへこむとか、何らかの痕跡《こんせき》は残るのでは？

そんなクルマが走っていれば、それなりに目立つし、印象にも残るはず……、この辺りで聞き込みをおこなえば、あるいは……。

いや、そうとも限らないか。

ひき逃げをするような犯人なのだから、一方通行を逆走するくらいの交通違反はしかねない。計画的犯行であるなら、尚更《なおさら》だ。人に見られにくい安全なルートを、あらかじめ選定した上で犯行に及ぶことだろう。

「ああ、そうだね。そりゃそうだ。一方通行を逆走するなんて、僕は考えもしなかったよ。さすが眉美くん！」

「いや、まあ、こんなの推理ってほどじゃ……」

「あいにく僕には学がなくてね——僕にあるのは美学だけだ」

そんないつもの決め台詞《ぜりふ》を言うリーダーだったけれど、この場合、彼にないのは学ではなく、悪意かもしれなかった。

不良くんとか、それにわたしとかと違って悪の素養がないから、犯人の思考をトレースするのに、致命的に向いていないんだな。

信号無視のひき逃げ犯も交通標識は守ると、自然に思ってしまっている。

それはとりもなおさず、探偵にも向いていないということになるが——だからこそ、美少年探偵団は、美少年探偵団なのだろう。

しかし残念ながら、今回の事件には、リーダーの琴線に触れるような、美しい謎《なぞ》も、美しい解答も、期待できない。

やはり推理は、不良くん辺りに任せるのが妥当ということか……、そこで、わたしははたと気付いた。

先輩くんが、自分の卒業後も、できる限り校風を維持しようとしている理由……、よりにもよって、クズなわたしを自身の後継者に指名してまで、効率を重視する学園側との折衝を、根気よくも粘《ねば》り強《づよ》く、続けようとしている理由。

それは、現在小学五年生のこのリーダーが、いずれ中等部に入学するときに、ほんの少しでも自由や自主性を残しておきたいからではないのだろうか、と。

10　選挙期間突入！

そんなこんなで、ひき逃げ捜査のほうは大した進捗《しんちょく》もないまま、翌日より選挙戦が本格的に開始された……、結局、正式に告示された立候補者は、わたしも含めて、全部で五人だった。

学園新聞で報道された告示当初の支持率は、先輩くんの読み通り、トップが沃野くんだった――いったい、あの没個性のクラスメイトが、どういう層に支持されているのかはわからなかったけれど、しかし公正なるアンケートの結果、過半数以上が、『沃野禁止郎くんに投票する』と回答していた。

ともあれ、そんな沃野くんに対して、支持率三位というアンケート結果を獲得した瞳島眉美は、まだしも善戦しているほうだった……、二位が、二年A組の学級委員長で、かつ野球部のキャプテンであることを思えば、まずまずの出だしと言っていいのではないだろうか。

もちろん、天才児くんがわたしの見た目を、頭のてっぺんからつま先まで、全力で美少年に仕立て上げてくれたことや、プロが作ってもこうはいくまいというような、詐欺《さぎ》一歩手前のポスターが効を奏したことは言うまでもないし、現生徒会長の後援が効いての第三位である。

それだけではなく、不良くんが『ミチルくんグループ』に、それとなくわたしの支持を促したり、生足くんが陸上部で、さりげなく広報を担当したりした、草の根活動の成果とも言える——わたしが無名のいち生徒だからこそぎりぎり成立する、各方面の美少年からの支援。

長縄さんが候補者だったら、こうはいかないもの。

もっとも、これは、ネガティブな見方をすれば、名だたる彼らの力をもってしても、わたしを第三位までしか押し上げることができなかったという見方もできる……、今のところ打てる手は全部打ってこの体たらくと言うのは、我ながら情けない。

ベストを尽くしてこの程度。

次期生徒会長候補者が、クラスから二名も出たことに、二年B組がちょっと沸き立ったくらいで終わってしまうのでは、何がなんだかわからない……、いや、実際には二年B組さえ、そんな沸き立ってはいない。

土台、生徒会選挙に対する関心が低いのだ。

懸命に効率化を追求してきた学園側に、生徒達がスポイルされた結果であるとも言える……、いざ当事者となってみると、この自立心の低さは、なるほど、先輩くんでなくとも心配だった。

自由と自主性を、生徒のほうから放棄しているようにも見える……、柄にもなく、なんとかしなくてはいけないんじゃないかなんて気持ちに駆られた。

このままではなんともならないが。

先輩くんの目算としては、この時点でわたしは最低でも第二位に食い込んでいなければならなかったと思うのだ……、ここから先、どうにかして票を取り込むプランを練らないと、わたしは悪目立ちしただけである。

悪目立ちと言えば、男装したまま立候補したので、ふざけ半分面白半分の、愉快犯的な立候補なんじゃないかと思われたんじゃないかという分析もあったけれど、今更装いを新たにするわけにもいかない……、と言うより、それは先輩くんの選挙戦略からしても計算外だったそうだけれど、わたしが第四位ではなく第三位を獲得できたのは、わたしを本物の男子生徒だと勘違いしたらしい女性票のお陰《かげ》だ。

失うわけにはいかない大切な票田である。

と言うわけで、現況を端的にまとめると、出だしはまずまず悪くないけれど、前途は多難という感じだった……、こうなると、『D坂のひき逃げ犯』を追う路線を優先すべきかもしれない。

「でもねー、そっちの捜査も行き詰まったまままみたいなんだよねー。まあ、仮にひき逃げ犯を捕らえてみても、選挙とはまったく関係ないってパターンもあるから、あんまりアテにするわけにもいかないんだけれど……、聞いてる？　天才児くん」

返事はなかった。

代わりに、わたしの背中を押す手にぎゅっと力がこもる……、おお、効いてる効いてる。

選挙戦三日目の放課後。

わたしは美術室、美少年探偵団の事務所（現在は選挙事務所でもある）の天蓋つきベッドの上で、ほぼ裸みたいな背中丸だしの状態でうつぶせになって、天才児くんのマッサージを受けていた。

生足くんによる足のマッサージは即座に辞退したわたしだが、相手が天才児くんでは断れない。

エステサロン・ソーサクである。

瘦身《そうしん》マッサージを受けていると言うよりも、なんだか、陶器を作るためのいい土になったみたいな気分だった……、全身を捏《こ》ね上《あ》げられていくようなイメージだ。

わたしは何をやっているんだ?

苦境に立たされているはずなのに、気持ち良過ぎてぜんぜん緊迫できない……、強制的にリラックスさせられてしまっている。

あちこちで、知らない生徒相手に握手をしまくって、人見知りの根暗としてはメンタルダメージを受けまくっているはずなのに、最終的には天才児くんに無理矢理ほぐされてしまう。

なんて福利厚生のしっかりした組織なんだ。

疲れているはずなのに、肌も髪もつやつやになっていくのだから、恐れ入る……、もちろんこれは、不良くんが用意してくれる、隅々まで栄養管理の行き届いた食事の賜《たまもの》でもある。

わたしがこうして全身全霊でリラックスしている間にも、先輩くんや不良くんや生足くん、それにリーダーも、選挙活動や探偵活動に精を出していると思うと、かなり心苦しくもあったけれど、ああ、でも、解きほぐされていく。

ふにゃふにゃー。

クルマに轢かれるかもしれないリスクを背負うくらいで、ここまで至れり尽くせりの学園生活を送れるのであれば、一回くらいなら轢かれてもいいんじゃないかと思ってしまうほどだった。

「ぐうっ……、実際、こうして轢かれない日々を送っていると、長縄さんが狙って轢かれたって考えるのは、無理があるんじゃないかって風にも感じてきたのよね、わたし」

背中のマッサージから、天才児くんが足裏マッサージに移行したタイミングで、わたしは、今日あたりから思い始めていたことを口にした。

士気を下げてはいけないので、言わないでおこうかと思ってもいたのだけれど、マッサージの気持ちよさに、ぽろっと零《こぼ》してしまった。

自白剤いらずだな、この天才。

まあ、天才児くんに無言で身体を揉《も》まれ続けるのが、ちょっと気まずくて、間を持たすためというのもある。足の裏なんて、なかなか触られることないもんな。

「だって、幸いにも大事はなかったけれど、もしかしたら長縄さん、死んでいたかもしれないじゃない？　死なないにしても、打ち所が悪ければ、一生残るような酷《ひど》い怪我をしていたかもしれないわけで……、いくら低速でぶつかったとしても、その危険性は絶対にあったわけで……、相手は動く人間なんだから、変に避けようとしたせいで、逆にタイヤの下敷きにしちゃうってこともあるし」

返事はない。

ただ、わたしの足裏のツボをぐいぐい押すのを天才児くんなりの合いの手だと受けて、わたしはそのまま話を続ける。

推理と言うか、推理の否定を続ける。

「『殺してもいい』って思ってたのかもしれないけどさ……、学園の利権が絡んでいるのなら、そんな考えかたをするアホもいるのかもしれないけどさ……、それでも、『クルマで轢く』って手段をとるかな？　ってこと。大味過ぎて、結果が、あまりにアンコントロールじゃない。『いっそ死んでも構わない』なんて思っていたのかもしれないけれど、でも、帰り道、ひとりになった長縄さんを、後ろから羽交《はが》い締《じ》めにしたほうが、与えるダメージを、そして起こりうる結果をコントロールすることはできたはずだよね？」

事故に見せかけたかったのだとしても、他にもっと手段はあったはず……、わたし達の想定するような『D坂のひき逃げ犯』が仮に実在するとしても、どうして彼または彼女が、自動車という凶器を選んだのかが謎なのだ。

調達するのも、処分するのも、簡単じゃない。

となると、長縄さんはたまたま、このタイミングで不幸にもひき逃げに遭ったんじゃないかと見るのが、順当なのかもしれない。ひょっとしたらわたし達は、とんでもない見当違いの推理で、少人数のチームの貴重な戦力を分散してしまっているのでは……。

「まあ、よしんば『D坂のひき逃げ犯』が学園運営に絡んだ刺客だったとしても、その企みを衆目に晒《さら》したって、わたしの当選が確定するわけでもないし……、どうせわたしなんか……、痛い痛い痛い！　ごめんごめん、弱気は駄目だよね！」

足裏マッサージが地獄の痛みを帯びてきたのを（『気持ち痛い』）、わたしは天才児くんからの叱咤《しった》激励と受け止める。

考えてみれば贅沢《ぜいたく》なシチュエーションだ。

と言うか、ありえないシチュエーションだ。

世界に冠たる指輪財団の御曹司に、専属でマッサージをしてもらっているのだから……、億を生み出す手でほぐされているかと思うと、わたしの肉体が黄金に変化していく気分である。

今死んだら幸せだろうなあ。

そんな不埒《ふらち》な妄想を打ち破ったのは、

「まゆ」

と言う、聞き慣れない音声だった。

だがこの声こそ、わたしが根気強く待ち構えていたものだった——ようやく来たか！

冬合宿以来、ずっと口を閉ざしていた天才児くんだが、ついに呼んだな、再びわたしのことを、『まゆ』などと！

この年上の先輩を！

目上ではないが年上の先輩を！

今度わたしをそう呼んだときは絶対に訂正させてやると心に決めていたのだ——早めのタイミングの不意打ちで言ったつもりだろうが、どっこいこっちは、手ぐすねを引いて待ち伏せしていたのだ！

まあ待ち伏せも何も、現状まさしく、ベッドに伏せっているわたしだけれども、そんなことは関係ない！

どんな姿勢だろうと、さあ言ってやる！

わたしのことはまゆ様と呼べい！

「痛い痛い痛い痛い痛い痛い痛い痛い痛い痛い痛い痛い痛い痛い気持ちいい痛い気持

ちいい痛い気持ち痛いまゆでいいですすまゆですわたしはまゆですまゆまゆですです！」

「まゆ。まゆは大事なことを見落としている」

「？」

痛くて気持ち良くて、屈辱感と高揚感《こうよう》とで、もうぼろぼろに泣いていたわたしだったけれど、しかしそれでも、『美観のマユミ』として、『見落としている』と言われるのは、『まゆ』の連呼以上に聞き捨てならなかった。

わたしが何を見落としていると言うのだ？

「自動車が凶器に選ばれたことを謎だと思うなら、探偵はその謎を解かねばならない。不自然さには必ず理由がある——自動車の件も、そして」

沃野禁止郎の件も。

11 ボディーガードの不良くん

「——って、わたしの専属スタイリストが言ってたんだけれど、不良くん、どう思う？」

「お前が恐ろしいって思うよ。恐れを知らないお前が恐ろしいって思うよ」

そうじゃなくってさ。

エステを終えて、もとい、選挙活動を終えての下校中、本日、わたしをおうちまで送ってくれるボディーガードの当番は、不良くんである——探偵兼SP兼不良兼コックという、なんとも多忙な同級生は、あながち冗談でもなさそうに、わたしを異星人でも見るような目で見やがったけれども、そこに続けて、

「まあ、クルマを凶器にするわけがないから、ひき逃げは単なる事故だってのも考えかたなら、犯人にはどうしてもクルマを凶器にしなければならない理由があったって推理するのも、考えかただろうな——」

と、見解を述べた。

「もっとも、俺には想像もつかねーが。クルマを凶器に使うのに、事故に見せかける以外にメリットってあるのか？　単なる交通事故ならともかく、ひき逃げって結構、罪は重かったはずだぜ」

「だから、それを押して自動車を凶器に使った理由があるって、スタイリストくんは言っているわけでしょ？」

「お前、そのうち指輪財団から消されるからな？　俺はお前が悪くても庇うけれども、いつも守り切れるとは限らないぞ？」

男気があるね。

ただ、指輪財団が糸を引く学園運営にかかわって、長縄さんが殺されかけたかもしれないことを思うと、あんまり冗談では済まされない台詞だ。

ともあれ、何か推理のヒントになればと思って、わたしは不良くんに、天才児くんとの会話をほぼそのまんま伝えたのだけれど（年下から『まゆ』呼ばわりされていることは伏せた。言うわけない）、それで疑問は増えこそすれ、何かピンと来るものは、特になかったようだ。

「目撃者が新たに現れるってこともねーし、それらしい証言が得られるってこともねえ——長縄の周囲に、他にそれらしいトラブルがあったってこともねえし。警察内部でも、捜査に進展はなさそうだ。はっきり言うと——いや」

「ん？」

なんだ。思わせぶりだな。

わざとらしく言いかけてやめないでよ。

「もったいぶってるわけじゃねえよ。これを言うと、ナガヒロは怒るかもしれねーから、あんまり言いたくねえんだけどよ」

「何よ。わたしは、不良くんが何を言っても、怒ったりしないわよ？」

「前から言おうと思ってたんだけれど、お前、箸《はし》の持ちかた、ちょっとおかしくねえか？」

「は⁉　そんなの今関係ないでしょ⁉　なんでそんなこと言われなきゃいけないの、ほっといてよ！　箸くらい好きに持たせて！」

さておき。

先輩くんが怒るかもしれない推理ってなんだ？

「まあ、ナガヒロが怒る分には究極、仕方ねえにしても、例によってリーダー好みの発想じゃないってのが問題なんだよな――つまりよ。目撃者もいないし、犯人に繋《つな》がる手がかりもねーし、『D坂のひき逃げ犯』が実在するのかどうかって以前に」

交通事故自体があったのかどうかが怪しくなって来てんだよな――と、不良くんはなんとも気怠《けだる》そうに言ったのだった。

「え？　それって、どういう意味――」

いや、意味はわかる。意味はわかるが、理解が追いつかない。交通事故は、あったに決まっているじゃないか――実際、長縄さんは入院しているわけで……、あ、でも、怪我は大したことがなくって……？

「狂言だって言うの？」

「言いたくねえんだよ。クズのお前がそんな顔をするのに、ナガヒロやリーダーに聞かせられる推理じゃねえだろ」

「確かに！」

確かにって言うと、わたしがクズなのを自認してしまったことになるけれど……、確かに、美少年探偵団の善良班には聞かせられない推理だ。

依頼人が嘘《うそ》をつくというのは、なるほど、探偵団にとって基本中の基本かもしれないけれど、しかし、被害者が嘘をつくというのは、どう考えてもあんまり気分のいい構図ではない。

「で、でも、目撃者はいなくっても、証言はあるわけじゃない？　友達との通話中に轢かれたって――」

「友達にはクルマが見えていたわけじゃねえからな。録音したクルマの音やらを聞かせて、事故を装うことはそんなに難しくねえ――し、究極、口裏を合わせて証言してもらうことも、できなくはねえ」

できなくはねえ、ですね。

ええと、落ち着け。検証しよう。わたしじゃないんだから、不良くんが何の考えもなしに、こんなすべてをひっくり返すような推理を思いつきで開示するわけがない――十分に検討してのことだろう。

たとえば——そう、自宅の親のクルマか、あるいはどこかの廃車か何かにでも自分から体当たりして、それらしい打撲痕《だぼくこん》でも作って？　その後、D坂の横断歩道の真ん中で、誰も見ていないタイミングで寝転がって——轢かれて意識を失った振りをして——友達が呼んでくれた救急車の到着を待つ——可能か？

可能だ。

むしろ、これならダメージコントロールが容易になる——停《と》まっているクルマに自分からぶつかって、それで打ちどころが悪くて死ぬってことは、まあないだろうし。

どれだけ探しても犯人が見つからないのは当たり前だ。そんなひき逃げ犯はいないのだから——『D坂のひき逃げ犯』はまやかしなのだから。狂言と言うより、自作自演と言ったほうがわかりやすいかもしれない。

つじつまが合わなくなってしまったら、『事故当時のことはよく覚えていない』で、それなりに通る——心理的に、交通事故に遭った被害者を、誰だって強くは追及したくはない。

的を射ている。

これなら、証拠も証言もないのも、当然である。ブレーキ痕《こん》やライトの破片、クルマの塗料なんかが見つからなくっても、腑に落ちる推理だ……、これまで思いつきもしなかったけれども、言われてしまえば、なんだかしっくり来過ぎるくらいの推理である。これはこれで出来過ぎと言えるような。

問題は。

どうして長縄さんが、そんな自作自演をしなくてはならないのか、だ――彼女が選挙戦の煽りを受けて、卑劣にもひき逃げのターゲットにされたことに、珍しくも義憤にかられて立候補を決意したわたしとしては、そこの部分が納得できない。

前提が崩れてしまうじゃないか。

「わ、わたしが損をした気分になってしまう……」

「お前が損をした気分になると、俺はすかっとした気分になるんだが、しかし狂言だったと仮定するなら、およそ気分が悪くなるような動機しか思いつかねーよな」

そう。

女子中学生を意図的にひき逃げするような事件には、美しい謎も美しい解答も望みようがないのと同様に、そんな自作自演に、美しい動機があるとは思えない――思えないけれど、しかし、考えないわけにはいかない。

少なくとも、こんなことを、先輩くんやリーダーに考えさせるわけにはいかない。

「ぱっと思いつくのは、『恐れをなした』って奴だよね。狂言だったにせよ何にせよ、不良くんのリサーチによれば長縄さんの周囲に、これと言ったトラブルがなかったっていうのは確かなんだから、動機に選挙戦が絡んでいるのは間違いない——だから、咲口長広っていう、ロリコンで偉大な生徒会長のあとを継ぐのが直前で怖くなってしまって、不慮の事故に遭ったせいでリタイアしたんだっていう、理由付けをした」

「ありそうだな。旧生徒会長は、ロリコンで偉大だから」

だが、と不良くん。

「本当にぱっと思いつくのは、それじゃないだろ？」

うん。

正直言って、雪女と呼ばれる長縄さんが、『恐れをなす』というのが想像できない……、もちろん、そういうこともあるかもしれないけれど、もっとありそうなことがある。

不慮の事故を装い、直前で選挙戦をリタイアすることによって——現政権の継続を妨害しようと目論んだ。

自ら名乗りを上げておいて、後継者に指名された彼女がぎりぎりのタイミングで撤退することで——先輩くんの政治的思想を、おじゃんにしようと企んだ。

嫌なことに、これなら交通事故を装った理由にも、一定の説明がつくのだ——『不慮の

『不慮の事故』に見せかける必要があった。

帰り道、暴漢に襲われたという狂言は、ただでさえ自作自演のしにくいものだし、『不慮の事故』っぽさがなくなる。

交通事故なら、ぎりぎり日常の延長線というように思える――なんて言うか、不可抗力の病気と同じくらい、『仕方ないか』と思えるリタイアの理由になる。嘘としては、比較的演じやすい。

「旧生徒会長に迷惑をかけたかったのが動機だとすれば、どんぴしゃだよな。そんなぎりぎりでリタイアされたら、すぐに代役を用意するのは難しいし、実際、故生徒会長は、わけのわからん奴を擁立する羽目になっちまった」

「誰がわけのわからん奴よ。そして旧生徒会長はともかく、故生徒会長って」

現生徒会長だしね。

迷惑をかけたかった――実は副会長は、上長のあとを継ぎたくなんてなかった、どころか、政治思想は本当は食い違っていた、とか?

傀儡政権になるなんて真っ平ごめんで――先輩くんの後援で生徒会長になるつもりなんて、最初からなかった。

たとえば……、他の候補者と通じていて? その候補者が当選した場合、また副会長として採用される内諾をとりつけていた……とか？

　現在、トップ候補者なのは沃野くん……。

「………」

　うーん、でも、これはさすがにうがち過ぎかな？　どう思い出してみても、沃野くんが、そこまでの悪巧《わるだく》みができるタイプには思えない。巧みなタイプでさえないだろう。彼は棚ぼたのラッキーが転がり込んできた候補者としか思えない――なんだかんだで、世の中にはいるからね、そういう奴も。何の努力もせずに御曹司をエステティシャンとして従えちゃう女子がいるのと同じで。

「そうだな。沃野ってのが、どういう奴かはともかく……、それだったら、まだしも長縄が学園側と通じているってほうが、得心いくぜ」

「学園側と？」

「ナガヒロの政治体制が、学園側にとって不都合だったのは確かだろ。学園側としちゃあ、選挙でナガヒロ陣営と真っ向から戦うよりも、あいつの後継者を口説き落としたほうが、手っ取り早かったんじゃねーの？」

「んー……」

　大人がそこまでするかなあという気もする一方で、大人だからそこまでしそうな気もする——内通者に仕立て上げたり、裏切りを促したりしたのだとすれば、まったく気分の悪くなる話だけれど、でもまあ、罪のない女子中学生をクルマで轢くよりは、いくらかマシな発想でもあるだろう——その背景を想定していたのなら、この背景を想定しないのも、探偵として筋が通らない。

第三則を守れない。

どのみち、第一則を守れていないが……。

これはこれで疑心暗鬼なのだろうけれど、『D坂のひき逃げ犯』にしても『D坂の狂言女子中学生』にしても、美しさとはまったく縁遠い。

「うまい手ではあるさ。もしもナガヒロが美少年探偵団のメンバーじゃない、一介の生徒会長だった場合、打つ手はなくなってたって気もするぜ。その『ひき逃げ』が、選挙戦に絡んでいると少しでも疑っちまえば、安易に第二の後継者を立てられないし、仮に立てたとしても、やっぱり準備が間に合わなかったんじゃないか?」

「うん。今、わたしが善戦できているのは、美少年探偵団のバックアップがあってこそだもんね……」

「クルマに轢かれる恐れがあるとわかって、立候補の要請を受けるアホも、そうはいない」

「うふふっ。信頼しているからよ。みんながわたしを守ってくれるって」

「けっ」

あらやだ。照れちゃった。

やめてよね、こっちも照れちゃうじゃないの。

そうかと思えば、不良くんは嘆息して、「明日の放課後にでも、いっぺん、長縄を見舞いにいったほうがいいかもな……、ナガヒロには内緒で」と、いかにも面倒臭そうに続けた。

「……あんまり、楽しいお見舞いにはなりそうもないね」

「だろうな。俺もクラスメイトであっても、お友達ってわけじゃねーし。むしろ仲は悪かった」

まあ、番長と副会長だものね。

ただ、その不仲も、あくまで長縄さんが、生徒会長に忠実な副会長だったと想定しての不仲である——仮に長縄さんが無罪なら、対立するクラスメイトが見舞いにきて和やかなムードになるはずがないが、仮に長縄さんが裏切り者の内通者だったなら、違う意味で、やっぱり和やかなムードになるはずがない。

となると……、はあ。

「わたしが動くしかないか。わかったわかった、わたしも一緒に行くよ。雪女のお見舞い」

「なんでクズが大物っぽく動くんだよ。一緒に来てくれるのはありがたいけど、長縄を雪女とは呼ぶなよ。そのニックネーム、嫌いらしい」

まあ、悪口だもんね。

ただ、雪女とは呼ばないにしても、しかし入院中の彼女を、犯人と呼ばずに済むかどうかは、現時点ではなんとも不透明だった。

雪女だからシロだとは限らない。

12　兄

「オドルさんに会いに行きますよ」

翌朝。

わたしを迎えにくるのは、ローテーション表に従えば生足くんのはずだったのに、瞳島家のインターホンを鳴らしたのはロリコンだった——ロリコンが自宅を訪ねてくるなんてなかなかの事件じゃないかと思ったけれど、幸いなことに、わたしには小学生の妹はいない。

他に用事が、あるいは事情があると見るべきだろう。

てっきり、生足くんに陸上部関係で急用が入ったから、やむなく先輩くんが今朝のボディーガードを務めることになったのだと思ったけれど、しかしそうではないらしい——オドルさん？

誰だそいつ？

いかにもロクでもなさそうな名前だな。

「迂闊なクズ発言は慎《つつし》んでください。道中説明しますよ。出発しましょう」

はいはい。

いつもの流れなら、わたしは朝一で美術室に向かって、天才児くんのスタイリングを受けてぴかぴかに飾られることになっているのだけれど、今日はどうやら予定変更を余儀なくされるようだ。

それにしても、『オドルさん』ねえ？

聞いたことがあるような、ないような。

「あなたには記憶力がないのですか。パノラマ島で、私がうっかり口を滑《すべ》らしたでしょう——口の滑らし甲斐がありませんね」

「はあ。わたしが他人の失敗を忘れるはずがないんですが……」

「ロクでもないのはあなたでしょう」

あ。思い出した。

双頭院踊《おどる》——美少年探偵団の創設者。

そして現リーダー、双頭院学の実兄。

人呼んで『美談のオドル』だ。

「そうでした！　道理で鳥肌が立つほど輝かしい名前だと思いました！」

「権力者の身内だとわかった瞬間に媚《こ》びを売らないでください」

「あれ？　でも、どうして？　先輩くんはあんまりそのヒトのことを、わたしに喋《しゃべ》りたくない雰囲気だったはずですけれど……」

だからこそ、パノラマ島では——それに、帰還後も、特に追及せずに来たのだ。わたしのようなクズだって、遠慮くらいはする。遠慮しているうちに、すっかり忘れてしまっていた。

そこがクズのクズたる所以《ゆえん》だ。

「背に腹は代えられませんよ。私も、あなたのような愛らしいクズを、オドルさんに会わせたくはないのですが」

「愛らしいってつけても、クズの好感度は上がりませんよ？」

「このままでは選挙戦が、ずるずると行ってしまいそうですからね——できれば使いたくない、奥の手を使うことにしました」

むむ。

わたしを生徒会長に仕立て上げるための選挙戦略を連日徹夜で練っているはずの先輩くんが迎えに来たのには、そういうわけがあったのか——逆に言うと、もう手段を選んでいられないほど、わたしは追い詰められているようだ。

知らない間に追い詰められること多いな、わたし。

元々、先輩くんが美術室に持ち込んできた案件だとは言え、わたしの不甲斐なさで苦労をかけてしまって申し訳ない——わたしのほうはお肌のつやを保つために連日九時間寝ているだけに、より申し訳ない。

そうでなくとも真相がはっきりするまでは秘密にするつもりだったけれど、交通事故が長縄さんの狂言かもしれないという不良くんの推理のことは、まだ黙っていたほうがよさそうだ。

これ以上、ロリコンに心労をかけるのは気が進まない。

「で——オドルさんって、どこにいるんですか？」

ひょっとしてリーダーの自宅を訪ねることになるんだろうかと、どきどきしながらわたしは訊いた——不思議なもので、あのリーダーに、住所があるという現実を上手にイメージできない。

まさか学校に住んでいるわけがないだろうけれど、とことん浮き世離れした彼の雰囲気は、『生活』や『所帯』とそぐわない。

「高等部ですよ」

「え？　リーダーのお兄さんは、それぞれの頭の中にいるんですか？」

「後頭部ではありません。誰が大脳の中の住人なのですか。高等部——指輪学園高等部の二年生です」

おっと……、じゃあ、わたしはこれから、高等部を訪ねることになるのか。ちょっとビビっちゃうな……。

初等部の生徒でありながら、平気な顔をして中等部にやってくる団長を知っているけれど、しかしながら、あれと同じことをいざ自分がやるとなると、リーダーの偉大さを改めて知る思いだ。

「じょ、助言を求めに行くってことですか？　美少年探偵団の初代のリーダーに……」

「そんなところですが、美少年探偵団の初代のリーダーとしてのオドルさんを訪ねると言うよりは、先代の生徒会長としてのオドルさんを訪ねるのですよ」

「先代の生徒会長？」

「ええ。オドルさんは三年生の間では、今もなお語り継がれている、伝説の生徒会長なのですよ——私など、及びもつかないほど」

「…………」

三期連続生徒会長を務め、勇退するのを忘れられていたほど優待されていた先輩くんが、及びもつかないほどの生徒会長？

そんなヒトがいたのか？　この世に、そして学園に？

じゃあ、三年生の間でだけじゃなくって、噂《うわさ》に疎《うと》いわたしがたまたま（あるいは必然的に）知らなかっただけで、一年生や二年生の間でも、知っている生徒は知っている名前なんじゃないだろうか……。

「ええ。かもしれませんね。ですから——もしも眉美さんが、オドルさんの後援を得られたなら、一気に選挙戦の情勢は引っ繰り返せることでしょうね」

そういうことですか。あいわかりました。

要は有力者への挨拶回《あいさつまわ》りってことね——ますます、本物の選挙っぽくなって来た。札束《さつたば》の詰まった菓子折でも持ってくるべきだったかな？

「力不足で、私の後援だけでは、眉美さんをトップに押し上げることができませんでしたからね。更なる後押しを、オドルさんからいただこうという算段です」

「……だったら、リーダーにも同行してもらったほうがいいんじゃないですか？　弟なんだし……」

たったふたりで高等部に乗り込むことが心許ないとは言わないけれども、わたしはそんなことを申し出た。

忠誠心にあふれる団員が、なるべくリーダーを煩わせないようにしようとしているのは承知の上だが、やはりお願いごとをするのであれば、身内と一緒に向かうほうが上策なのではないだろうか。

自慢じゃないが、わたしは人に頼みごとをするのが苦手だ。

「屈伸以外で頭を下げたことがないんです」

「そんな眉美さんにはほとほと頭が下がりますよ。でも、リーダーに同行してもらうというのはなしです——咲口家だってそうですが、双頭院家にも、事情はありますから」

ふむ。家庭の事情を持ち出されると、おいそれとは深入りできない——瞳島家も瞳島家で、現在、ぐっちゃぐちゃだしね。

ちなみに、『ぐっちゃぐちゃ』の理由には、毎朝、謎の美少年達がとっかえひっかえみたいに娘を迎えに来るというイベントも含まれている（男装した娘を）。

「ひょっとして、兄弟で仲が悪いんですか？」

「いいえ、そうではなくて――まあ、会えばわかりますよ」

『美声のナガヒロ』らしくもなく、先輩くんは言いにくそうにそう口ごもって、そんな風にお茶を濁した。

でも、ごまかしたわけじゃなかったのだと思う――実際、会えばわかった。

リーダーを同行させなかった理由も、わたしに教えたくなかった理由も。

13 双頭院踊

結論から言えば、わたし達は先代の生徒会長・双頭院踊さんから後援の約束を取り付けることには成功した――先輩くんの狙い通りだ。

道すがら、更に詳しく聞いたところ、彼の人物の指輪学園中等部生徒会執行部としての仕事ぶりは、まさしく伝説の名にふさわしいもので、先輩くんがその後、一年生にして生徒会長の座を射止めたのは、そのスピーチ力もさることながら、オドルさんの応援演説あってこそだったと言う。

「眉美さんにも聞かせてあげたかったですよ、オドルさんの心洗われるスピーチを。私の生徒会長としての功績など、オドルさんのデッドコピーでしかありませんよ」

とまで言ったのはさすがに謙遜《けんそん》なのだろうが、効率化と合理化を目論む学園側と、先代生徒会執行部が、対等以上にやりあっていたのは確かなようだ——それを聞くと、先輩くんが政権を次の世代に引き継ぐことに執心していた理由が、またひとつ、わかったような気もした。

自分が引き継いだものを、更に後世に受け継いでもらいたいと思う気持ちは、自然なものだろう——何にしても、先輩くんは双頭院兄弟と、ずいぶん長い付き合いのようだった。

ただ、どれだけ伝説の生徒会長だったかを聞かされても、一抹の不安が残らなかったかと言えば、嘘になる。

なにせ美少年探偵団の創設者だ。

『美談のオドル』だ。

何より、あのリーダーのお兄さんである。

オドルさんだけに、ミュージカルみたいに歌って踊りながら喋る人だとか、派手なステージ衣装に身を包んでいる人だとか、いろいろ想像をたくましくしてしまう——だが、この不安は、的中しなかった。

悪い意味で的中しなかった。

いや、不安が外れたと言うよりも、期待外れだったと率直に言うべきなのかもしれない……、事前にアポイントメントを取っていたのだろう、高等部を訪ねたわたし達を出迎えてくれた高校二年生は、至極まともで、至極常識的な、高校二年生だった。

高らかに笑ったりしないし、いきなりはしゃいだりしないし、生足だったり寡黙だったり、悪ぶっていたりもしなかった……、ロリコンでもなかった。

なんて言うか。

普通に賢そうな人だった。

「初めまして、双頭院踊です。きみが眉美ちゃんだね？ 咲口から話は聞いているよ……、生徒会選挙に立候補しているんだって？」

そう言って握手を求められた。

応じる。

「頑張ってね。咲口の推薦なら間違いないだろう……、俺の名前を好きなように使っていいから。弟によろしく。いつまでも年上のお兄さんお姉さんに甘えていちゃ駄目だよって、伝えておいてくれるかな？」

「…………」

普通だ……、普通に優しいし、普通にいい人だ。格好いいは格好いいけれど、背も高いし、シルエットはがっしりしているし、美少年という感じではない——青少年だ。

リーダーのお兄さんと言われればそう思うし、団長が成長すればこんな感じになるんだろうとは思うけれど、ただ、その佇《たたず》まいがそっくりだとは、とても思えなかった。

……だけど、拍子抜けである以上に、違和感があった。

初対面のわたしに対して、一定の距離感があるのはわかるのだけれど、付き合いが長いはずの先輩くんに対しても、どこか距離を置いているように感じた……、距離を置いていると言うよりは、『どう接していいのか決めかねている』みたいな感じだ。

ぎこちなく、よそよそしい。

先輩くんはいつものように雄弁に、わたしがどれだけすごい後輩なのか、口八丁で売り込んでいるだけに、違和感は増す一方だった。

「あの……、オドルさんは、伝説の生徒会長と呼ばれているそうですけれど……、高等部でも、やっぱり生徒会活動をされているんですか？」

わたしも何か言ったほうがいいかと思って、そんなことを聞いてみたら、「ああ、いや」と、オドルさんは照れくさそうに笑った。

「俺は、そういうのはもう、やめたから」

「……はあ」

それ以上の質問を許さない雰囲気があった——わけではない。何かを訊けば、何かを教えてくれただろう。ただ、それ以上の質問を、したくなってしまうような言いかただった。

それはオドルさんが、照れくさそうと言うより、恥ずかしそうだったからだ——伝説の生徒会長だった時代を、そう、恥じているかのような。

若気の至りに触れられたかのような。

そんな痛みを感じさせたからだ。

わたしが抱いたそんな直感は、別れ際に、オドルさんが先輩くんに言った、こんな台詞で完璧《かんぺき》に裏打ちされた。

「咲口。弟をかわいがってくれるのは助かるけれど、お前ももうすぐ高等部なんだから、そろそろ子供の遊びも卒業しろよ」

い、いい、子供の遊び。

それが美少年探偵団の活動を指していることは、確認するまでもなかった——先輩くんは困ったように「ええ、まあ、はい」と曖昧に頷いて、そしてわたし達は高等部をあとにした。

……わたしをオドルさんに会わせたくなかった理由は嫌と言うほどわかったし、それ以上に、先輩くんが、ひとりで高等部に来たくなかった理由も、わかった。

つくづくわかった。

できれば使いたくなかった奥の手。

どころか、禁じ手だった。

偉大な生徒会長だったことも、美少年探偵団の創設者だったことも、オドルさんにとっては、もう昔の話なのだろう。

丸くなったわけでも、とげが抜けたわけでも、ショボくなったわけでもなく、単純に、大人になったと言うか……、普通に高校生になったと言うか……、適切な例だとは思わないが、オドルさん側の気持ちとしては、デビュー当時の頃に触れられたくない、芸能人みたいな心境なのだろう。

漫画家や小説家も、初期の作品のことをあんまり語って欲しくなかったりするらしいし……、初期の作品が人気作であるかどうかも、その場合は、意外なほど関係なかったりする。インタビューで聞かれたら、『そんなこともあったっけなあ』なんて、忘れたふりをする。

いわゆる黒歴史というのとも違う。

なかったことにしたいわけではないけれど、過去よりも今のほうが大事という、それだけのことだ——思い出に生きていないという意味では、至極健全である。

オドルさんは、もう学園側と運営方針で戦っていないし、美しく、少年のように、探偵をしようとも思っていない……、先輩くんとの関係は、間違いなく旧友ではあるのだろうが、団《チーム》ではない。どうしてそんなことをしていたのか、どれくらいそれが大切で、いかにかけがえがなかったのかを、あの人はもう、思い出せない。

そう。

子供の遊びを卒業している。

「それこそね。歌って踊りながら会話するようなかただったんですよ。あの人がいた頃の美少年探偵団は、毎日が本当にミュージカルのようでした」

先輩くんは帰り道、少し寂しげにそんなことを言った——今のオドルさんの、しっかりした感じを見ると、とても信じられない話だし、間違ってもそっちのほうがよかったとは言えないエピソードだけれども。

「『美談のオドル』。彼が歌えば、どんな事件も美談になったものです」

まるで故人について語るかのような口調だった……、いい声であるだけに、物悲しく響く。

「歌も踊りも、高校でやめてしまったようですがね」

「……どうして、やめたんでしょう」

「勉強が忙しくなったからとか、全国レベルを知ったからとか、そんなことをおっしゃっていました。本当のところはわかりません」

本当のところはわからないも何も、それらが本当で間違いないと思う。わたしにも兄がいるけれど、ちっちゃい頃、同レベルで遊んでいたはずの『お兄ちゃん』と、いつの間にかよそよそしい関係になってしまったのと、似た感じなのかもしれない。まあ、双頭院兄弟は、今も仲がいいというのは救いのようでもあるが……。

でも、『お兄さんお姉さんに甘えている』とか『弟をかわいがってくれて助かる』とか、わたし達とリーダーの関係が、高校二年生からはそんな風に見えているんだとすれば、それはやっぱり、悲しいことだ。

「わたしも今はこうやって、クズキャラで通していますけれど、高校生になったら、そんなことを忘れちゃうんでしょうか……」

「眉美さんのクズは一生ものだから、その心配はいらないと思いますよ」

この雰囲気で、よくそんな断言ができるものだ——まあねえ。

成長、進化、更正、爛熟。

もっとも、クズはともかく、男装のほうは、高校二年生になって、まだしているとは思えない……、切実な事情や深刻な背景があって、わたしはこんな格好をしているわけではないのだ。

期間限定であり、刹那的であり。

それこそ、子供の遊びである。

わたしの両目が、いつか必ず光を失うことが決まっているのと同じように、いつか必ず卒業することになるお遊戯《ゆうぎ》だ。

「…………」

そんなほろ苦い、二重の意味でのOB訪問だったが、後援を取り付けられた以外に、もうひとつ、思いもよらない成果があった。

双頭院踊さん。昔はともかく、今は、普通の高校二年生。

そう、あれが普通。普通。

あれが普通なのだとしたら——やっぱり、現在のトップ候補者、沃野禁止郎は、どれだけありきたりな没個性に見えても、普通ではない。

普通どころではない。

14　お見舞い道中

現生徒会長の後援のみならず、先代の生徒会長の支持も受けていると公表された結果、学園新聞が予想するところのわたしの支持率は、その日のうちに一瞬で第二位に躍り出た（オドルさんだけに）。

これぞ虎《とら》の威を借る狐《きつね》。

しかも二重の厚着である。

すっかり在学中とは様子が変わった『伝説の生徒会長』だったけれど、しかしそれでも、その威光は未だ、中等部においては強烈に有効のようだった。

主に三年生の票が得られたということだろう。

伝説が一人歩きしているとも言える……、それは今のオドルさんにとってははなはだ不本意で、汗顔の至りなことに違いないけれど、とりあえず、今のわたし達にとっては、好都合の追い風と言えた。

ただし、それでも第二位。

一応、競ってはいるようだが、第一位はあくまでわたしのクラスメイト、沃野くんなのだった——いい勝負ができるところまでは来たけれど（わたしごときに抜かれてしまった野球部のキャプテンには心から申しわけないが）、これではまだ、本懐は遂げられそうにない。

あとひとつ、決め手が欲しかった。

その決め手になってくれるかどうか、あるいは逆効果を生んでしまうのか——追い風か逆風か、放課後、わたしは不良くんとふたりで連れだって、本来の候補者であった長縄さんが入院している病院へと向かうのだった。

この不穏な動きは、いつもならば目端《めはし》の利く先輩くんに察せられないわけがなかったけれど、オドルさんに会っての消耗や、それでも第一位まではなれなかった目論見《もくろみ》違いで、彼は頭がいっぱいのご様子で、目を盗むことに成功した。

『美観のマユミ』。

長縄さんが入院中の病院は徒歩圏内ではなかったし、面会時間もあるので、電車で向かう——コワモテ美少年の不良くんをひとりでいかせるのはまずかろうということで、同行することにしたわたしだったけれど、いざ放課後の段になってよく考えたら、でもこれ意味あるかなという気にもなってきた。

先輩くんの正統なる後継者である長縄さんからしてみれば、自分が出られなくなった選挙に、代わりに後援を受けて出陣するわたしは、立場を横取りする怨敵《おんてき》みたいなものなんじゃないだろうか――よしんば、長縄さんが不良くんの推理通りの許されざる裏切り者だったとしても、そのケースでもやっぱり、彼女からすれば、わたしは計画を邪魔する邪魔者だ。

歓迎されるとは思えない。

ただでさえ、A組の生徒はB組の生徒を、偏見をもって見下しているに決まっているのに（偏見）。

まあ、わたし達の破れかぶれの出たとこ勝負は毎度のことか。

「待ってて長縄さん！　不良とクズとがお見舞いに行くよ！」

「それだけ聞くととんでもねえ二人組だな」

何をお見舞いされるんだよと、不良くん。

おやおや、わたしが一緒だと言うのに、あんまり楽しそうじゃないね？

「そう言えば、不良くんはオドルさんと、会ったことあるの？　学年的にはわたしと同じだから、接点はなさそうだけど」

「確かに俺がお前と同じなのは学年くらいしかねーけど、リーダー絡みで、何遍か会ったことがあるよ。けどまあ、俺が会ったときには、もうかなり更生したあとだったな――だからナガヒロの言うことも、話半分で聞いているぜ。あいつも憧《あこが》れの先代を、美化してるところはあるだろうからな」

「美化……」

「『つまらない大人になった』なんて言うけどよ。『つまらない大人』のほうは、昔の自分を『つまらない子供だった』って思ってんだろうな」

風刺かな、本音かな。

まあ、思えば高校二年生で大人って言うのも言葉の綾《あや》と言うか言葉の誤りと言うか、違うんだろうけれど──少なくとも、今のオドルさんが、少年らしさを、美少年らしさを失っているのは間違いないのだと思う。

「『失った』ってのも、一方的な見方なんじゃねえの？　あのヒトからすりゃ、新しく『得た』ってことなんだろうし……、誰もが永久井みてーに、悪ガキのまま成長したりはしねーだろ」

「こわ子先生は、ねえ……？」

人間、ああるべきだとは、とても言えない。

だって、あの人、ほぼ逃亡犯じゃないか。

尊敬はできても理想にはできない。

「心配すんな。お前はいつまでも一生、ずっとクズのままだよ。わかるか、一生だからな」

「…………」

天敵同士の癖《くせ》に先輩くんと同じことを言っているが、わたしをケアしているのだとすれば、なかなか大胆に失敗している。

クズを念押しするな。

意趣返しにこんなことを言ってみた。

「不良くんこそ、高校生になったら、あっさり更生しちゃうんじゃないの？　昔は俺もワルだった、やんちゃしたもんさ、なんて、ダサいこと言っちゃってさ」

「あー、でも俺、高等部行くかどうか、わかんねーんだよなー」

「え……？」

「それよか眉美、D坂の件だけどよ、俺、念のために昼休みに、学校抜け出して、もっぺん見に行ってみたんだわ」

さらっと本題に入られてしまったけれど、このチンピラ、今、すごく大事なことを言わなかったか……？

「い、今なんて……？」

「だから、昼休みに学校を抜け出して、現場検証に行ってきたんだよ。現場百遍って奴だ」

抜け出したとか言ってるけれど、授業をサボらず昼休みに現場百遍している辺り、不良くんの不良くんらしさが出ている……、長縄さんを疑った手前、その前に万全を尽くそうというのも、この番長らしい生真面目《きまじめ》さだ。

目的の駅も近づいてきているし、決して話を逸らされたわけではなく、むしろ本題に入られたわけなので、今更戻せないな……。

「一回そういう風に見ちまうと、そういう風にしか見えなくなってくるんだよ。ほら、あそこ、登りの一方通行だろ?」

「うん。その事実にはわたしのほうが、先に気付いていたけれどね」

「なぜお前はことあるごとに俺をマウンティングしようとする。で、長縄が轢かれたのが下校中だったんなら、あいつは当然、歩行者用道路を、上から下に下ってたことになるよな?」

「わたしが先日考えたことに、ようやく気付いたようね、不良くん」

「つまり、下る長縄の動線と、登るクルマの動線は、横断歩道を横切るまでは、正面からすれ違う形になるよな……、じゃあ、向かってくるクルマは、完全に目視できてたんじゃねえのか？」

おっと。

それは考えていなかった可能性だ。

横断歩道が（横断歩道だから当たり前だが）、車道を横切る形だから、横合いからはね飛ばされた瞬間の絵面ばかりがイメージされていたけれど、少し時間を巻き戻してみれば、坂道を降りる長縄さんの視線は、走ってくるクルマを真っ正面からとらえるポジションになる。

歩道と車道で、多少のズレはあるにしても……、いや、でも、長縄さんは友人と通話中で——どれだけトークが盛り上がっていたとしても、正面がまったく見えないってことがあるか？

「駄目だ……友達とトークが盛り上がったことがないから、わからないわ」

「そんな悲しい推理の行き詰まりかたがあるかよ。でも、お前も言ってたけど、証言通りなら、あいつはメールやゲームで、画面を見ていたわけじゃねーんだし。……坂を登ってくるクルマが見えていたなら、横断歩道の信号が赤だろうが青だろうが、とりあえず、足を止めるとは思わねーか？」

そりゃあそうだ。

角度的にクルマが見えなかったとか、そういうことはない……、むしろ、一方通行の直線道路、しかも上り坂と来れば……、『クルマがスピードを落とさずに登ってきているけれど、信号は青だから大丈夫だよね！』みたいな臆断《おくだん》で、道路を横切るほど、長縄さんが危機感に欠けていたとは思えない。

クルマが来ていたら、青信号でも関係ない。

……もちろん、これもまた机上の空論であり、状況証拠でしかない。坂を下って、横断歩道にたどり着いたときには信号が赤で、待っているうちに気が逸れてしまって、信号が変わって渡るときにはもう、坂下のほうを見てはいなかった――そう考えれば、それなりに不自然はない。

ただ、これは結果を自然に説明することができるというだけで、本当の事故だったとしても、事故に見せかけようと企む狙ってのひき逃げだったとしても、どちらにしても違和感はあるのだ――ドライバーのほうからだって、遮蔽物《しゃへいぶつ》なく、長縄さんの姿が見えていたことになるわけで……、人気がなく、車通りも少ないD坂だから、ひき逃げしやすいと思っていたけれど、突き詰めてみると、だからこそ事故は起こりにくい、事故に見せかけるにもふさわしくない、狙って轢こうとしても失敗する公算が高い場所だと言うこともできないか？

じゃあ、何にふさわしい場所なのかと言えば……、事故に見せかけるのではなく、事故があったように見せかける場所……。

「……長縄さんって、本当のところ、どんな子なの？　わたしは『優等生』とか『雪女』とか『副会長』とか『高慢ちきな権高女《けんだか》』とか、そんなイメージでしか捉《とら》えられていないんだけど……」

「『高慢ちきな権高女』は、マジでただの悪口だな……、俺だってよくは知らねーよ。お察しの通り、生徒会執行部とは対立的だから。まあ、ナガヒロは絶対の信頼を置いているみたいだぜ……、これっぽっちも疑ってもねえ」

「ふっ。やれやれ。またしても、わたし達が汚れ仕事を担当ってわけね」

「汚れ仕事って言うか、お前の心が汚れ切っているよ」

「ねえ、不良くん。もしも」

目的の駅が、いよいよ次になったところで、わたしは訊いた。

「もしも長縄さんが、本当に裏切り者だった場合、どうするの？　先輩くんやリーダーに、それを伝えるの？　そんな――美しくない真相を」

「伝えるわけねーだろ」

即答された。

「墓の中まで持って行く、俺とお前の一生の秘密だ。選挙は自力で勝て」

一瞬、出し抜けにプロポーズされたのかと思って焦ったけれど、ついでみたいに無茶を言うなよ。

15　副会長として

六つベッドがしつらえられた大部屋に入院していた長縄さんは、当然ながら、わたし達の突然の来訪に、驚いたようだった——不良くんは、『クラスを代表してお見舞いに来ました』って柄じゃないし、わたしに至っては、『誰だお前は』だしね。

病院の一階で、一応形式ばかりの花束《はなたば》を買ってきたけれども、いやしかし、こんなにも花束の似合わない二人組はいないんじゃないだろうか。

「よ——ようこそ？　あ、ありがとう？」

戸惑いを隠さない長縄さんだった。

学園で見るような制服ではなくざっくりとした患者衣で、普段はひっつめている髪の毛もほどいて下ろしているし、雰囲気はまるで違った。

雪女っぽくも、そう言っていいなら、副会長っぽくもなかった——先輩くんのあとを継いで、次期生徒会長になろうというような、威風も感じられなかった。

「えっと——袋井《ふくろい》くんは、それでもまだわかるとして……、その……、あなたは……、何者？」

何者と問われてしまった。

そんなわたしはそんなわたしで、『袋井くんって誰だっけ？』と、きょとんと首を傾げてしまった——あ、そっか、不良くんの名字って、不良じゃなかったね。

「見たこと、あるわよね——B組の——」

おっと、知られていた。

そりゃまあ、ひとりの生徒会役員として、謎めいた男装女子を把握していても、おかしくはないか。

「星にすごく興味がある子だって——」

男装前から知られていたぜ。

なるほど、有能だ。

入院中だろうと、立候補を取り下げようと、学園で見るのとは雰囲気が違おうと、先輩くんが後継者と見なしていただけのことはある——問題は今も、彼女が先輩くんの同志でありつづけているのかどうかということだ。

彼女はベッドに寝そべったままで、掛け布団をかけられているので、その怪我の具合はよくわからない……、リラックスして寝そべっているだけに見えなくもないけれど、しかしそんな印象論で、狂言や自作自演と決めつけることはできない。

「瞳島眉美です。こ、こうして話すのは初めてです――ええっと、せんぱ――咲口会長に言われて、ご挨拶に――」

しまった。普通に嘘をついてしまった。

考えのない嘘をついてしまった。

内心慌てるわたしだったが、

「ああ、そっか、じゃああなたが、私の代わりに立候補してくれた瞳島さんなんだね。ありがとう！」

と、不意打ちみたいにお礼を言われた。内心どころか体外でも慌てる。がばっと身体を起こして、ぎゅっと手を握ってくる。リズミカルな長縄さん、ぎくしゃくするわたし。

と、そこで、

「い、痛、痛、痛」

入院中の身なのに、いきなり動いたのがよくなかったらしく、そのまま上半身を折り曲げてしまう長縄さん――迅速な不良くんがナースコールに手を伸ばすのを、「大丈夫、大丈夫。平気だから、袋井くん」と、制止する。

「それより、ちょうどよかった。あなたが瞳島さんだったら、渡したいものがあったの――咲口会長に頼まれて作ったものじゃなくて、私が勝手に作ったものだから、友達に託そうと思ってたんだけど……」

そう言って、長縄さんは、ベッド脇《わき》のテーブルを指さした……、分厚いファイルが何冊も、そこには積み上がっていた。

「入院中、暇で、やることなかったから……、その、余計なお世話だとは思ったんだけど、何かの役に立てばと思って、私が副会長としてやってきた仕事とか、学園新聞のバックナンバーとかをスクラップしたものなんだけど……、よかったら、持って帰って」

まくしたてるようにてきぱきと言われて、今度はわたしが戸惑う番だった――助けを求めるように不良くんのほうを見たが、不良くんはそっぽを向いていた。

おい、こっちを見ろよ。

お前が言ったから来たんだろうが。

まあ、しかしそんな責任逃れも責められない――わたしも意外だ、雪女と恐れられる彼女が、こんなにもフレンドリーに接してくるなんて。

しかも協力的だ。

仮に彼女が無実だったとしても、代わりに立候補することになったわたしのことを、きっとやっかんでいるに違いないと決めつけていたけれど、それどころか感謝なんてされてしまっている。

感謝されると死ぬ生き物としては、わたしこそ、長縄さんを直視できない――いやいや待て待て、わたしを丸め込もうという演技かもしれないじゃないか。

ここで懐柔されれば、わたしが被害者を状況証拠だけで卑《いや》しくも疑ったばかりか、エリート街道を歩む同級生の女子にジェラシーに基づいて謬見《びゅうけん》を持っていたかのようじゃないか！

語《かた》り部《べ》としてのわたしの好感度のためにも、裏切り者ではないにしても、長縄さんにはせめて高飛車な副会長であってもらわねば……！

性格の悪いわたしはぎりぎりまで疑い続ける！

お願い！　嫌な奴であって！

趣味は愚者を見下げ果てることであって！

「袋井くん。あなたともいろいろあったけれど、選挙に協力してくれてるって言うなら、一時休戦ね」

「あー、まあ、そうだな。こうして同じ奴を応援してんだから、今に限っちゃ敵も味方もねーか」

そうこうしているうちに、性格のいい不良が宿敵と和解しつつあった——くっ、単細胞が！

そういう奴だと思っていたよ！　お前こそ裏切り者だったとは！

だが、自分の評判ばかりを気にするわたしと違って、不良くんは探偵団としての本筋を忘れていたわけでないようで、

「ちょっと、聞きたいことがあるんだけどよ……、事故に遭ったときのこと、教えてもらってもいいか？」

と、切り込んだ。

第三則、探偵であること。

16　お見舞い帰り道

雪女が、話してみると思いの外気《ほか》さくでお高く止まっていない、物腰柔らかな妖怪だったという、予想だにしないトラブルがあったものの、その後の事情聴取は、滞りなく終了した。

まあ、わたしが、彼女の尊敬する先輩くんの支持を受けていたというのもあっただろう（あったに決まっている！　わたしはすれ違いざまに見下した目で見られたことを忘れていない！　被害妄想なんかじゃない！）。

とは言え、

「事故当時のこと？　袋井くん、どうしてそんなことを訊くの？」

と、長縄さんは、怪訝《けげん》そうとは言わないまでも、不思議そうにしていたが、そこはわたしがすかさずフォローした。

「き、気にしないで！　関係者全員に訊いていることなので！」

しまった！　これはアリバイを訊くときの定型句だった！

事故の関係者、長縄さんしかいないじゃん。

「こいつの公約のひとつとしてよ、登下校時の通学路について、もっと安全を図るってマニフェストを掲げようって選挙戦略が出てくるんだよ。ほら、長縄の代理で立候補していることは、公然だろう？　譲らざるを得なかったお前の無念を少しでも晴らしてやれないか、何かお前のためにできることはないかっていうのが、咲口現生徒会長のお考えなんだとよ」

不良くん。わたしはきみのことを実直で嘘のつけない不良くんだとばかり思っていたよ。

二度と信用しないからな。

料理だけでなく、口もうまいとは。

「そうだったの……」

長縄さんは感動して、目に涙を浮かべていた。

咲口現生徒会長の名前が強過ぎる。

そして、そこからはすべてを話してくれた。

「でも、咲口先輩にも言ったんだけど、当時のことはほとんど覚えてないの……、事故のショックで記憶が飛ぶなんて、ドラマとかで見てても嘘っぽいと思ってたけれど、いざ自分がそうなって見ると、クルマの種類やナンバープレートはおろか、どうしてわたしはあの日、D坂を使って帰ろうなんてしたのかも思い出せないもの……、いつも通りの通学路を使ってれば、こんなことには——」

「って……、ことは、D坂は、お前にとっては、いつもは使ってない通学路なのか?」

「うん。よっぽど急いでいるときだったり、特段の事情のあるときでもないと、やっぱりあんな物寂《ものさび》しい通りを女子がひとりで歩くのはちょっとね……、帰り道だと特に危ないって思うし……」

よっぽど急いでいたのだろうか。

それとも——特段の事情が？

たとえば、誰かに呼び出されたとか？　巧みに誘導されたとか？　性格の悪いわたしは、瞬時に疑惑のターゲットを、事故当時通話していたという長縄さんの友人へと向けかけたけれど、その友人嬢には、既に不良くんはアプローチしているはずだ。

怪しいところがあったなら、既に話題になっているに違いない——確か、彼女も通話中の相手が事故に遭って、混乱しているとのことだったが……。

でも、通話相手じゃないとすれば、誰がどんな理由で、長縄さんをD坂に導けるのだろう……、陰謀を想定しないにしても、長縄さんがあの日あのとき、D坂を使った理由はあるはずだが。

……単なる気まぐれ、指運みたいなものかもしれないので、あまりそこにとらわれるのもよくないかな？

どちらにしても、事情聴取を進めていくうちに、少なくともD坂の交通事故が、狂言や自作自演という可能性は、どうやら限りなく低いことを、我々捜査陣は認めざるを得なかった。

意外なお人柄や、協力的な態度もさることながら、『こんな不幸な交通事故に二度と遭って欲しくないから』と、実例として、布団をまくって、太ももの打撲痕を見せてくれたからだ——さすがにその際、ベッドの周りにカーテンを引き、異性の不良くんは退室させたけれど、同性であってもほぼ初対面のわたしに、負傷部位を見せるだなんて気が進まなかっただろうに。

理論的には、その傷は停まっているクルマに自らぶつかって作った傷だと推理することも可能だけれど、それはやっぱり理論でしかなかった——実際に、その生々しい、まだ回復途上のアザを見てしまうと、それだけで論破されてしまう。

そんなわけで、被害者にあらぬ疑いをかけたという後味の悪さだけが残るお見舞いだった……、いや、選挙に役立つファイルを受領したという意味では、有意義な訪問ではあったけれども、長縄さんに対する疑いは、綺麗《きれい》さっぱり取り下げるしかなかった。

綺麗さっぱり。

これも美しいと言えるのだろうか。

美しい推理ではなく、美しい誤認だとしても。

「さ！　不良くん。約束通り、このお見舞いの件は、墓場まで持って行きましょう！　ふたりだけの秘密ね！」

「それは疑いが的中した場合の約束だ。リーダーにちゃんと報告して、ナガヒロと口裏を合わせるぞ」

病院からの帰り道、わたしからの申し出を、不良くんは無下《むげ》にした——ちっ、すっかり副会長に懐柔されやがって。

「ふん。これじゃあわたしが長縄さんにやきもちをやいているみたいじゃないの」

「いや、そんな可愛《かわい》いもんじゃないぞ。お前今、普通に自分の失敗を隠蔽《いんぺい》しようとしたぞ」

「まあね！」

「にやりと笑ってサムズアップするな」

汚れ仕事を担当した結果、マジで自らの心の汚れが明らかになろうとは。

「やれやれ。高校二年生になる頃には、こんなのも笑い話になってるのかなあ」

「子供の遊びを卒業する気満々になるほど挫折《ざせつ》するな。お前がクズなのはいつものことだろ。どうしても我慢できないなら俺だけのせいにしとけよ。俺の推理が外れるのも、いつものことなんだから」

「くっ……、ここぞとばかりに人徳を積もうとしやがって……、そうはいかないわ、せめてこの罪を背負うことで、わたしはぎりぎり好感度を維持するわ！」

「お前の好感度は元からゼロなんじゃないのか？」

長縄さんが裏切り者だった場合、それを突き止めれば、芋づる式に黒幕を突き止められる可能性もあったけれど、うん、そんな黒幕はいなかったわけだ。少なくとも長縄さんの背後にはいなかった。

まあ、ここは素直に言祝《ことほ》ぐべきか。

先輩くんが信頼する部下ちゃんが、生徒会長が後継者と見込んだ副会長が、裏切り者や内通者だったなんて結論に辿《たど》り着《つ》いてしまっては、あまりに救いがなさ過ぎる。

けれど、うっかりしていた。

そんな黒幕がいなかったということは、イコールで結局のところ、『D坂のひき逃げ犯』はいた可能性は消せないということであって——つまり、長縄さんの代理で立候補しているわたしが、クルマに狙われる可能性が、今もなお、継続してあるということだった。

それを失念していた。

学校から離れて、離れた駅の病院まで足を延ばしていたのも、気の緩みに繋がったのだろう——駅に帰る途中の、歩道のない、狭いとも広いとも言えない路地で。

わたし達の後方から、スピードをまったく落とさない自動車が、むしろ加速しながら、まっしぐらに突っ込んできた。

17 『帰り道のひき逃げ犯』

わかっていたつもりだった。

だけれど、クルマに轢かれるリスクを負うということと、実際に轢かれるということは違う――俗に、『宝くじで一等を当てる確率よりも、交通事故に遭う確率のほうが高い』なんて言うけれども、宝くじは『一等が当たるかもしれない』という、可能性を楽しむものであって、これは比べかたが間違っているようにも思う。

逆に、クルマ社会で生活していたらいつ交通事故に遭うかもわからないという可能性は、まったく楽しくないから直視できないのであって――楽しくないよりは楽しいほうがいいに決まっているのであって――ゆえに、わたしはやっぱり、『美観のマユミ』にはあるまじきことに、目を逸らしてしまっていたのかもしれない。

美観どころか楽観だ。

わかっていたつもりで、わかっていなかった。

代役で立候補した以上、わたしも轢かれるかもしれないということを――ああ、今轢かれた、と思った。

今轢かれた。

そう錯覚するくらい強い衝撃を受けた。

ともすると、素直にクルマに轢かれていたほうがマシだったんじゃないかと言うような強い掌底を、不良くんから胸部に食らい、わたしは道路脇に吹き飛ばされた――かなり乱暴な助けかただったけれど、しかし、足が震え、身がすくんでしまったわたしを助けるには、それしかなかったのも確かだろう。

そう、白状しよう。

わたしはこのとき、完全にブルってしまっていた――単に後ろから、クルマに追突されそうになったという事態じゃない。

明確に、わたしを狙ってきた。

クルマという凶器を使って――わたしを襲撃せんとした。

その車体よりも、そのスピードよりも、その害意のほうに恐れをなして、身動きが取れなかった――拉致《らち》されたこともあったし、違法カジノに潜り込んだこともあったけれど、ここまで直接的に、身を脅《おびや》かされたことはなかった。

だから、不良くんが突き飛ばしてくれなかったら――で、その不良くんは？

わたしを突き飛ばした反動で、道の反対側へと、車体をかわしていた――おお、なんて省エネな助かりかたを。

「眉美！　ナンバー確認！」

襲撃は不発に終わるも、そのまままっすぐ、更にスピードアップして走り去ろうとする自動車だったが、受け身を取った不良くんにそう促され、わたしは咄嗟《とっさ》に、そちらを向く――幸いというべきか、不良くんに突き飛ばされた際に、大切な眼鏡はどこかに吹っ飛んでいってしまっていたので、取り外す手間はない。

しかし、去りゆく車体からはナンバープレートは取り外されていた。いくらわたしの視力がずば抜けていても、ないものは見えない……、だが、ナンバープレートの不在は、悪意の実在でもあった。

悪意の証明。

たまたま、道行くふたりの中学生を轢きそうになってしまったわけではなく、事前に準備をした上で、最初から、確実に、百パーセント狙ってわたし達の後ろから迫ってきたということだ。

「……悪意も、『D坂のひき逃げ犯』も、実在したわけか。それははっきりしたな。だが……、いったい誰が……」

「それも、はっきりしたよ……」

「あん？」

「…………」

不良くんの掌底は、身体に穴が空いたんじゃないかってくらいにとにかく強烈で、わたしの大切な眼鏡は、突き飛ばされた時点で明後日の方向に吹っ飛んでいた——だから、わたしは宙を舞いながらも、わたしを狙ったクルマをフロントから、きっちりと裸眼で、目視できていた。身がすくんでいたのでまばたきもできず、見るくらいしかできなかったとも言える——だから捉えていた。装着されていなかったナンバープレートこそ見られなかったけれど、クルマの種類も、色も、そして。

スモークガラスの向こう側でハンドルを握るドライバーの顔も、はっきりと捉えていた——それは。

それは知った顔だった。見知った顔だった。

隣の席の、没個性だった。

18 美少年緊急会議

「クラスメイトに殺されかけたって言うんですか？　対立候補の沃野くんに？　いえ、それよりも――中学生がクルマを運転していたって、その時点でもう、重大な道路交通法違反では……?」

わたしと不良くんからの報告(事後報告)を受けて、先輩くんは信じがたいと言う風に眉をひそめた……、まあ、わたし達が勝手に長縄さんに会いに行った件も、同様に信じがたいようだったけれど、さすがについ一時間前に轢かれかけたふたりを叱《しか》る気持ちにはならないようだ。

轢かれかけといてよかった!

とは、とても思えないが。

思えるはずがないが。

そんなわけで取って返して美術室、緊急招集にて、美少年探偵団の全員集合だった――リーダーも天才児くんも生足くんも、揃ってテーブルを囲んでいる。

いつもは逆《さか》さの姿勢で、生足をひけらかすように座る生足くんも、さすがに正常な姿勢でソファに腰を沈めていた――ことの深刻さが推し量れようというものだ。

リーダーも腕組みをして難しい顔だし、天才児くんはいつも以上に寡黙だ――夕飯の時間だったこともあり、不良くんは励《はげ》ましのつもりなのか、いつも以上に腕を振るってくれた。だが、その味も十全に味わえているかどうか、怪しかった。

「わたしも目を疑う気分でした——『目を疑う』、ええ。だって、わたしだってそんなのはありえないって思って、すぐに却下していた馬鹿馬鹿しい可能性なんですから。でも、間違いなく——」

仮に、選挙戦に絡んで『D坂のひき逃げ犯』がいたとしても——その実行犯は、なんて言うか、無関係な大人だと思っていた。学園運営やら教育方針やら、そんな大人の事情に、中学生の選挙活動が巻き込まれているのだと思っていた。

だから、まさか立候補者本人がひき逃げの実行犯であるなんて、そんな論考は頭から否定していた……。

「厳密に言えば、眉美を轢こうとした奴と、長縄を轢いた奴とが、同一人物とは限らないけどな……」

「どうかなあ。中学生を意図的に轢こうなんて奴が、そうごろごろいるとは思えないよね」

「沃野くんがドライバーだったとして、しかし、脅しのつもりだったのでは？　轢くつもりはなくって、あくまで眉美さんを脅かすだけのつもりだったとか——」

不良くんと生足くんの分析に、先輩くんは現実路線の着地点を探るようなことを言った——まあ、『D坂のひき逃げ犯』に、沃野くんが便乗してライバルを蹴落《けお》としにかかったというのは、可能性としてはもちろんあるにしても、しかし、脅かすだけのつもりだったというのは、轢かれかけた当事者としては納得できない。

長縄さんが轢かれたケースを考えるときには、そんな客観性も持っていられたが、しかし今となってはそんなの牧歌的過ぎる。

不良くんが突き飛ばしてくれていなければ、絶対はねられていた——仮に脅かすだけのつもりだったとしても、『はねたらはねたで、別にいい』と思っていたことは間違いない。

「……まあ、男装用のサラシを巻いていなかったら、確実に骨折してたんじゃないかって強さの張り手に、お礼は言いにくいけど」

「悪かったよ。手加減する余裕がなかったんだ」

「ボクだったら、もっと柔らかに突き飛ばしたけどねー」

生足くんの言う柔らかは意味が違う気もしたが、そんなジョークで、ちょっと空気が和らいだ。

そこで改めて先輩くんが、

「……ミチルくんと眉美さんが、長縄さんを見舞い、彼女から選挙対策のファイルを受け取ったのを知って、支持率が逆転されるのではないかと危惧した沃野くんが、強硬手段に出た。そういうことなのでしょうか」

と、見解を示した。

うん、タイミング的には妥当なところだろう。

だが、沃野くんが、どうしてそこまで生徒会長の座にこだわるのかがわからない……、少なくとも、クラスの隣席からうかがう限り、彼にはそんな熱意があるようには思えなかった。

友人間での罰ゲームで立候補と言うのは、まあ極端にしても、思い出作りのために、せいぜい高等部進学のための内申点のために、生徒会長に立候補したとしか思えない沃野くんが、どうして、法を犯してまで、勝ちに来る？

たとえ彼が、政権を交代させたい学園側と通じていると仮定しても、その場合、傀儡政権としての言いなり生徒会長の候補者なのだとばかり考えていたけれど——そうだとしても、自らハンドルを取りはしないだろう。

思い出す。

あの路地で、わたしを轢こうとしたときの彼の顔を——スモークガラス越しに見た、本来は見えなかったはずの、沃野禁止郎の顔を思い出す。

見てはならないものを見た気分を思い出す。

「……よそ見、してたんですよね」

「よそ見？」

わたしの言葉に、先輩くんは首を傾げる。

「ええ、よそ見。沃野くんは、そのとき、正面を見ずに、よそ見をしていたんです」

「それはつまり——沃野くんはわざとではなく、脇見運転だったから、おふたりに追突しかけたという意味ですか？」

これまでの流れと完全に矛盾するわたしからの情報だったが、先輩くんはそれならまだ救いがあると思ったのか、そんな風に解釈した——けれどわたしがみんなに伝えたかったことは、真逆だった。

「さあこれからわたしを轢こうと言うときに——人間を轢こうというときに、ハンドルを片手で持って、もう片方の手で、スマートフォンをいじっていたんです。メールを受信していたのか、ゲームでもしていたのか——ながらスマホって言うより……、運転のほうがついでっぽいと言うか——わたしを轢くことを、読んで字のごとくの片手間でこなそうとしていたんですよね」

ご飯を食べながら新聞を読むような、ストレッチをしながらテレビを見るような、そんなのほほんとした行儀の悪さで、彼はわたしを轢こうとしていた——そのお陰で助かったとも言える。

言えるが、しかし、そんなものが幸運であるはずもない。

感情のないプロの暗殺者に命を脅かされたとか、強烈な殺意を向けられたとか、そう言う漫画みたいな事態のほうが、まだ救いがあった。

だって沃野くん、スマホの画面を見ながら、半笑いだったんだよ？　まるで、かわいらしい猫ちゃんの動画でも見ているかのように――そんな人間らしさと共に、愛嬌《あいきょう》と共に、隣人はわたしを轢こうとした。

友達との通話中に轢かれた長縄さんと、並べて語ることなんてとてもできない、交通マナーのなさ。

無茶苦茶だ。

単に選挙に勝ちたいだけじゃない。ただならぬ背景を感じさせる。あんな奴が生徒会長になったら、指輪学園中等部はどうなるんだ？

わたしが阻止しなければ――と、思えるだろうか。強く決意できるだろうか。

ただでさえ使命感に欠けたクズなわたしだが、もしも先ほどの出来事が単なる脅しだったとしても、複雑な殺意だったとしても、少なくとも、わたしに恐怖心を与えることには成功した。

すごく怖い。

二度と道路を歩きたくなくなったほどにクルマも怖いけれど、それ以上に、沃野くんが怖い——どんな形でも、関わりたくないと思う。

席替えどころか、クラス替えをして欲しい。

いや、いっそ転校したい。そこまで思う。

まして、あんな没個性と、選挙戦でライバルとして戦うだなんて——

「眉美くん。もうやめようか？」

と。

そこでリーダーが、わたしの胸中を、わたしの胸中の怯《おび》えを読んだかのように、腕組みをしたままで言った。

いつものように張り上げた、陽気な声ではなく、わたしを気遣うように言った。

「次は本当に死ぬかもしれない。本当に殺されるかもしれない。きみの志や頑張りは美しいものだったが、何も命をかけてまでやることじゃない。こんなのは」

子供の遊びなんだから。

そう言った。

「…………」

リーダーらしからぬ撤退案、ではあるまい。

無茶苦茶なことばかり言いながら、団長は良識や常識を、完全に放棄しているわけじゃない――今までだって、糺《ただ》すべきところは糺していたし、締めるべきところは締めていた。

だからそれは、しかるべき決断なのかもしれなかった――でも。

「です、ね。脅しじゃなかったとしても、脅威です。今からでも立候補を取り下げれば、これ以上の危険はないでしょう。眉美さん。ああは言いましたが、私は何も、本気であなたがクルマに轢かれてもいい人材だと思っているわけではないのですよ」

いや、まあ。

そりゃあそうでしょうけどね。

「ああ……、学園側とカリキュラムの方針で議論するだけなら、他に手段がないわけでもないしな……、ここは一旦《いったん》引くほうが賢明だぜ。……俺も別に、お前が轢かれたら最高だと本気で思っていたわけじゃない」

自明なことを繰り返さないで。

本当は思ってたみたいになるし。

「だねー。命あっての物種だものねー。アドベンチャーとして許容できるのは、誘拐事件までだよねー。殺人になっちゃうとちょっと……、もちろんボクも眉美ちゃんが轢かれるべきクズだとは思ってなかったよ、本気では」

きみはまだ言ってなかったけどね？

ともあれ、生足くんも、黙っている天才児くんも、リーダーの撤退案に、反対はしなかった——いや、彼らがリーダーの案に反対しないのはいつものことなのだけれど、しかし、今回は、リーダーの案だから受け入れたというわけではなさそうだった。

『D坂のひき逃げ犯』に対して、敗北を受け入れるのもやむなしと、全員が認めたのだ——全員が？

違う。

い、い、まだわたしが認めていない。

「ううん、やめない。絶対やめない。こ、こんなのは子供の遊びなんだから——だから、ここではやめられない」

「ふむ。しかしだね、眉美くん——」

「ここでやめたら美しくないし、少年でもないし、探偵でもない——そして何より、団《わたしたち》じゃない」

志なんてない。心だってない。

あるとしたら怒りだけだった。

その怒りも、安全圏からの怒り、第三者としての怒り、傍観者域を出ない怒りであって、我が身が脅かされてしまえば、途端に立ち消えてしまう程度の炎だった。

だけど我慢ならなかった。

双頭院学の口から、『もうやめようか』なんて言葉が出るのだけは許せなかった——それは、他の四人に対しても同じだ。

わたしのせいで、わたしのために、不良くんや、先輩くんや、生足くんや、天才児くんが、リーダーの発言を我慢するだなんて、絶対に我慢ならない。

そりゃあ、いつかは卒業するだろう。

子供の遊びは終わるだろう。

小五郎も、いつかはお兄さんのような、爽《さわ》やかな青少年になるのだろう——破天荒な美少年から一般的な美青年になるのだろう。

だけどそれは、今じゃない。

卑劣なひき逃げ犯に屈することで成長してどうする。

『美学のマナブ』が、負けから学んじゃだめだろう。

「学ぶなら美しさから、でしょ。常識よりも良識よりも、美意識でしょ。違う？　リーダー。そして皆さん」

「何が『そして皆さん』だ。両手を広げるな」

不良くんが小気味よく突っ込んでくれたが、私は大真面目だった。学園の運営方針とやらのために命までかける気は更々ないけれど、わたしはいけ好かない美少年どもに守ってもらうために、この美術室にいるわけじゃない。

お姫様じゃない。わたしも美少年だ。

「やれやれ。僕としたことが失言だったようだね。眉美くんに教えられたよ――いつの間にかきみも、美少年探偵団の立派なメンバーになったようだ。もう見習いの美少年ではないな」

「え、わたし、まだ見習いだったの……?」

ショックだな。

見習ってきたけども、皆さんを。

「それでは！　眉美くん、そして諸君！　先ほどの発言を取り消し、訂正させてもらうよ！」

リーダーはようやく腕組みを解いて、ようやく胸を張って、いつも通りの陽気な調子で、明るく華やかに言い放った。

「もっとやろうか」

19　泊まり込み選挙

登下校時、D坂のみならず、どこのルートでどの方面から自動車に狙われるかわからないという危機的状況に対する回避策として、わたし達は抜本的なプランを採用した。

それは登下校しないというプランだ。

不良くんや生足くんがつきっきりでボディーガードしてくれるのはとても嬉しいし、実際、一度はそれで助けられはしたけれど、わたしの頼れる仲間達は基本的にはバカなので、わたしを庇ったせいで自分が轢かれかねない。あのとき、わたしを突き飛ばした不良くんは、そのせいで轢かれていたかもしれないのだ――わたしが轢かれていい人間じゃないのと同様に、轢かれていい美少年もいない。

じゃあどうする？

道路を歩くのが怖くなったなんて言っても、このクルマ社会で、道路を歩かないわけにはいかないんだから……、と、そこでコペルニクス的転回を起こしたのが、リーダーだった。

「選挙当日まで、眉美くんはこの美術室で寝泊まりすればいいじゃないか。幸い、調度は一通り揃っている——足りないのは、そうだな、檜風呂《ひのきぶろ》か？　ソーサク、今日中に用意できるな？」

「まゆのためなら」

うおっ。普通に喋った。天才児くんが。

わたしのために檜風呂を用意してくれると言うのか？　風呂と言えば檜風呂という発想が破天荒と言うか、ぶっ壊れているけれど……。

「お、お前、ソーサクに『まゆ』って呼ばれてるのか……？」

まずい。風刺家に恥ずかしい愛称がバレた。わたしが後輩になめられていることが露見した。

「そ、それよりも、ここで寝泊まりって……、ま、まあ、寝心地のいいベッドはあるし、専属のコックはいるし……」

「専属のコックに働いて欲しいなら、お前の愛称についてもうちょっと議論しようぜ。『まゆ』？」

「これでバスルームさえあれば、生活に不自由することはないけれど——でも」

そんなことしていいんだっけ？

いや、いいか悪いかはともかく、ひき逃げ対策としてはこれ以上のものはない……、だって、根本的に道路に出ないいんだから。

校舎の四階で生活していて、クルマに轢かれるアホはいない……、ハリウッド映画じゃないんだから。

轢けるものなら轢いてみろ、だ。

「で、でも、天才児くん。本当にお風呂なんて作れるの？　もう選挙当日まで一週間もないんだから、究極、運動部のシャワールームを借りてもいいんだけど……」

究極と言うか、普通はそうする。

なんだろう、わたし達らしくなってきた——美少年探偵団らしくなってきた。

「運動部の、削られた予算に基づくちょろちょろしたシャワーを使っているボクとしては、ここにお風呂ができるとすっごく楽になるなー。ボクは檜風呂じゃなくっても、足湯があればそれでいいんだけど」

生足くんも、生足くんらしいことを言って、ぐるりと姿勢を変えた——ひっくり返って、足をばたつかせた。らしいらしい。

「スペースは準備室のほうに確保できる。気兼ねはいらない。まゆの肉体には、まだ研磨する余地があると思っていた」

呟くように天才児くんは請け合った。

ちょっと待って、天才児くん、わたしと一緒にお風呂に入る気になってない？　ソーサク・スパの管理が行き届き過ぎてない？

気兼ねしろよ、上流階級。

選挙期間に突入して以降は下着の色まで決められているし、このアーティスティックな後輩に限っては、わたしのことを仲間ではなく、本当に素材だと見ているのかもしれなかった。

「決まりだな。これでさしあたり、眉美くんの安全は確保された。では我々は、これまで通りサポートを続けよう、次期生徒会長のね！　そうそう、ナガヒロ、最終日の応援演説についてなのだが――」

まだ宿泊プランについて完全に納得したわけではなかったけれど、リーダーが話を進めてしまったので、そこで話が終わってしまった――というわけで、わたしは文化祭前でもないのに、学校で暮らす段取りになったのだった。

なんてことだ。

いくら身の安全を図るための短期間とは言え、軟禁生活を送ることになるなんて――天蓋付きベッドで目を覚まし、ふかふかのソファに腰掛けて専属コックの料理をたらふく味わい、洋の東西を問わない数々の美術品に囲まれた環境でエステティシャンに身だしなみを整えられ、適温の檜風呂で選挙活動の疲れを癒《い》やし、美声の家庭教師から直々に演説についてのレクチャーを受けて、グランドファーザークロックの振り子の音を子守歌に、やはり天蓋付きベッドで眠る軟禁生活を送ることになるなんて！

やばい。

なんだこの至れり尽くせりのゴージャス軟禁。

苦しいことがひとつもない。

早く選挙が終わってくれないと、あっという間に駄目になるぞ、人として。

クズが人として駄目になる。

とは言え、いくらホスピタリティあふれる環境でリラックスした暮らしを送るからと言って、気を緩めるわけにはいかなかった。登下校時の安全は保証されたところで（登下校しないのだから当然だ）、わたしを轢こうとした『D坂のひき逃げ犯』は、同じ教室の隣の席にいるのだから。

交通事故に見せかけるという戦略を取っている以上、学校の中でわたしに手出しをしてくるとは思えないが、こうなると確かなことは何も言えない――何が起こっても不思議じゃないし、何も起こらないほうが不思議だ。さりとて、立候補している立場上、授業をサボタージュするわけにはいかない。

少なくとも、わたしを狙ったものに関しては、沃野くんがひき逃げの実行犯だと判明しているのだから、それをフックに彼を追及するという策も出たのだけれど、話し合った結果、そういった深追いはしないことにした。

証拠はない。あるのはわたしの証言だけだ。

警察に通報したところで、『ひき逃げ未遂』じゃあ、長縄さんのとき以上に、大した捜査がおこなわれるとも思えない——ならば、いっそ何も気付いていない振りをするのが最上であるとの判断だった。

もしもこの状況で、美少年探偵団が『D坂のひき逃げ犯』相手にアドバンテージを持っているとすれば、それは、こちらがあちらの正体に気付いていることに、あちらは気付いていないということだ。

わたしを轢くことには失敗しても、自分の正体は、今もなお隠せていると思っているはずだ——スモークガラスを透視する『美観のマユミ』の行き過ぎた視力のことを、知られているとは思えない。

正体がばれているとわかれば、沃野くんは、それこそなりふり構わず、選挙戦を勝ちに来かねない——ならばわたしは、卑劣な妨害を受けながらも何もわかっちゃいないアホの振りをし続けるのが、安全面においても、そして攻撃面においても、極めて適切だろう。

アホの振りなら得意だ。生まれてからずっと演じている役だから！

もちろん、自分を轢こうとした相手の隣の席で学業に勤《いそ》しむのは戦々恐々《せんせんきょうきょう》だったけれど、しかしながら、その戦略が効を奏したのか、わたしが学校ホテル・エグゼクティヴスイート美術室に滞在するようになってから、沃野くんがわたしに、これと言った手出しをしてくることはなかった。

一度、気まぐれに勇気を出して（わたしはそういうところがある）、また教科書を見せてもらったりしたのだけれど、そのときも特にどうということもなく、机をひっつけて来てくれた。

落書きとライン入りの教科書を見せてくれた。

この懲《こ》りもしない探りの入れかたは、のちに、（またしても）生足くんからマジ説教を食らったので（美少年探偵団の癒やしの癖に、あの子はわたしがチャレンジすると、本気で怒るのだ）、二度と（三度か）試せなかったけれど、しかし真隣から観察している限りにおいて、なんて言うか、この隣人に平気で人をはね飛ばす異常者の雰囲気は発されていなかった。

わたしの視力のことを思えば、そんなことがあるはずがないのはわかった上でも、ひょっとしたら、わたしの見間違いだったんじゃないかとさえ思った。

……はっきり言えば、それがおかしいのだ。

オドルさんと会ったあとだから、それがわかる。どんな人間にだってその人だけの個性がある――なんてのは詭弁《きべん》じみてあんまり好きじゃないんだけれど、どんな人間にだって、多少はおかしなところとか、やばいところとか、そういうのがあるはずだとは思うのだ。

怪しくなさ過ぎるから怪しい。

そつがない。

そんなのは探偵の推理じゃなくて、ミステリードラマのラテ欄を見た視聴者の感想だけれど、そうは言っても、仮に生足くんのマジ説教がなかったとしても、候補者同士があまり接点を持つのもまずかろうという判断で、それ以上、探りを入れ続けることはできなかった。

「悔《く》いの残らないように、お互い頑張ろうぜ」

「うん！　頑張ろうね！」

などと、そんな空疎な会話劇があった程度だ。

そつがないよ！

そしてわたしもいい面の皮だった。

そんなわけで、美術室とは比べものにならないほど居心地の悪い、不安で不安定な時間を、わたしは教室で過ごすことになったわけだけれど、一方で選挙活動のほうはなんともかとも順調だった。

長縄さんから手渡された資料が、部活連合を相手取る上で、大いに役に立ったのだ——もちろん、素人で知識のないわたしが見ても、さっぱりわけのわからないファイルだったのだけれど、そこは先輩くんが翻訳してくれたので、それを存分に広報に活《い》かすことができた。

「私は理想を振りかざすばかりで、現実的な実務は長縄さんに任せっきりでしたからね。この援護射撃は、非常に助かります。だからこそ、彼女にあとを継いで欲しかったのですが……」

うん。

わたしという代理を立てた以上、先輩くんの口から、これこれこういう資料を、後任に引き継いでくれとは言えないもんね——いくら口達者な先輩くんでも、それはできない。口達者だからできない。

たとえわたしのうがった見方に反して、あの気さくな態度が強がった演技じゃなかったとしても、わたしに対して複雑な思いもあったに決まっているのに、自ら資料を作成し、自発的に提出してくれた長縄さんのためにも、この選挙はやはり、何が何でも勝たなければならない。

何が何でも。泥にまみれてでも。

美しく勝たねばならない。

美術準備室に新設された檜風呂の洗い場で、天才児くんに髪を一本ずつ丁寧にトリートメントされながら、わたしは堅くそう誓ったのだった。

20 最終コーナー

投票日前日。

学園新聞がまとめたアンケート結果は、次の通り。

第一位・瞳島眉美（2－B）　53％
第二位・沃野禁止郎（2－B）　42％

以下略。

殺されちゃうかな？

21 投票ルール

ここで今更ながら、指輪学園中等部の選挙制度を紹介しよう。

プログラム的にはこんな感じ。

全校生徒が講堂に集められて、彼らに対して、候補者が順番に、自分が生徒会長になったら学園をどうしたいか、どんな風な改革をおこなうつもりかをスピーチする――いわゆる、立会《たちあい》演説会でその際、候補者だけでなく、それに先立って、それぞれの候補者を支援する生徒が応援演説をする。

それぞれの、推薦者と候補者の演説を聞いたのちに、生徒達は匿名で、あらかじめ配られていた投票用紙に支持する人物の名前を書いて、折りたたんで投票箱に入れる――まあ、学校の選挙方式とすれば、形式的と言ってもいいくらい至極スタンダードなそれではあるのだけれども、実際のところ、この投票方式は、ここ数年採用されていなかったので（咲口先輩は、演説を入学式におこなって、そのまま生徒会長に就任したのだ――以降の二年は、選挙自体おこなわれていない）、休眠会社状態だった選挙管理委員会も、先生方のだったか。

そう言えば、咲口長広一年生の応援演説を、当時から伝説だったオドルさんが担当したもあたふたしていた。

ちなみに、演説は候補者の学年クラス順、出席番号順におこなわれる。今回、一年生の立候補者はいないので、つまり、スピーチは二年A組の候補者から始まって、二年B組のた行のわたしが最後から二番目、そして同じく二年B組で、や行の沃野くんがトリを飾る感じである。

もちろんわたしの応援演説をおこなうのは、現生徒会長である咲口長広先輩だ——あのスピーチの名手ならば、暫定一位のわたしの支持率を、盤石のものにしてくれるはずである。

そのあとにおこなうわたしのスピーチなど、消化試合になるだろう……、しかし問題は、わたし達のスピーチよりもあとに、沃野くんのスピーチがあると言うことだ。

いわば向こうが後攻。

彼が何を語るか、まったく予想がつかない。

サヨナラ負けの可能性を考えずにはいられない。

不良くんができる限りの調査をおこなったが、沃野くんのスピーチの内容を、事前に知ることはできなかった。わかったのはせいぜい、沃野くんの応援演説は、どうやらC組の友人がおこなうということだけだった……、なんだか順当過ぎて、その突っ込みどころのなさに突っ込みを入れたくなる。

しかしとにかく、タイムアップだった。

人事を尽くして天命を待つ――あるいは、あとは野となれ山となれ。もうわたしも、自分の順番が回ってくるまでは、じたばたせずにクラスの列に並んで、講堂で繰り広げられるスピーチを聞く側の立場だった。

立候補者にも投票する権利はある。

とは言えもちろん、わたしは自分に投票するのだけれど――だけれど、二年A組の候補者から始まる最終演説（応援演説&本人演説）を聞いていると、なんだか、この候補者に投票したくなってきたのも、クズの正直な気持ちだった。

なんでこの野球部キャプテンじゃ駄目なんだっけ？

と思った、いや、真面目な話。

沃野くんにばかり目がいって、他の立候補者を十把一絡《じっぱひとから》げに泡沫候補扱いしていたけれど、この人達にはこの人達で、ちゃんと理由や背景があって名乗りをあげているんだよなあ、と思う。

それなのにわたしみたいなクズに負けるって、本当、どれだけ心外なのだろう——幸い、今のところ有権者達にわたしがクズであることはバレていないが……、事前アンケートで、ほぼ負け戦が決まってしまっていながら、それでもこの投票当日の大一番に賭《か》ける彼ら彼女らの心意気を思うと、後ろめたささえ感じる。

うちの選挙チーム、反則みたいなものだし。

ひき逃げをしていないだけで、指輪学園中等部が誇る四大勢力が総出でプッシュしているって、ほぼ裏技だよねえ。

そうだ……、そんなスレスレの後押しに自分なりに応えようと躍起になっていたけれど、長縄さんがリタイアしたあと、ど、ど、どうして沃野くんがトップ候補に躍り出たのかを、ちゃんと考えていなかった。

ど、ど、どうしてA組の他の候補者じゃなく、沃野くんなのだ？　逆に言えば……、他の候補者は、なぜ沃野くんよりも、生徒達の心をつかめなかった？

こうしてスピーチを聞いている限り、彼ら彼女らに、特に取り立てて、問題があるようには思えないのだが……、長縄さんが立候補を取り下げさせるために狙われたのだとして、わたしも同じように狙われたのだとして、じゃあ、どうして、他の候補者は狙われなかった？

「どうして沃野くんはあの人達を歯牙《しが》にもかけなかったんだろう——どうして沃野くんはあの人達を毒牙《どくが》にかけなかったんだろう——って、おたく、それを不思議に思ってる?」と。

隣の列に並んでいた沃野くんが、わたしの耳元で囁《ささや》いた。群衆のざわめきにさえ埋もれる、没個性的な声だった。

22 直前のささやき

「あの連中を轢かなかったのは、とても面倒臭かったからだよ。俺は人を轢いて楽しむ趣味はないんだ。長縄を轢く意味はあったたし、瞳島、おたくを轢く意味もあった。現生徒会長がバックについている以上。だけど、そうじゃないあいつらは放っておいても勝手に落選するから」

「………」

自白をもって証拠としてはならない。

現代捜査の基本だ。

だから何をどう囁かれたところで、それを即座に鵜呑《うの》みにしてはならない——他に証拠がない以上、それだけではなんの裏付けにもならない。

推定無罪。疑わしきは罰せず。

そう、『犯人しか知り得ない情報を喋る』というような、特段の『秘密の暴露』でもない限り——

「ところで、D坂を盛《さか》んに調査していたようだけれど、それはなんとも無意味な現場百遍だと言わざるを得ないな。だって、俺が長縄を轢いた現場は、D坂じゃなくてC坂なんだから——C坂で景気よくはね飛ばした長縄を、トランクに積み込んで、D坂の横断歩道まで運んだんだ」

——『秘密の暴露』だった。

露悪的と言っていいほどの。

自ら悪巧みを開示する悪代官のような、犯人からのトリック説明だった。

落ち着け。凍りつくな、落ち着け。

わたし達は美少年としてはともかく、団としてはまだしも、探偵としてはへっぽこなのだ——卓越した推理力さえあれば、それは誰にでもわかることかもしれないじゃないか。

ああ、でも、それで納得がいく。

それなら百年探したって、D坂付近から、証拠も証言も出てこない。

長縄さんや、彼女と通話していた友人が、事故のショックで当時の記憶が混濁していると言っていたが——どうしてそのときD坂にいたのかわからないなんて言っていたけれど、そもそも長縄さんは、D坂になんていなかったのだ。

都合良く記憶が飛んだ、わけでもない。

実際には記憶が飛んでなんていなかったのかも……、でも、事実、D坂で意識を失っていたと言われ続ければ、その現実を優先せざるを得ない。

クルマなんて、派手で始末に負えないものを凶器に使った理由も、それで担保される……、天才児くんの指摘通りだ。そのトリックを使うためには、犯人は暴漢ではなく、ひき逃げ犯でなくてはならなかったのだ。

い、い、い、い、い、い、い、い、い、い。

長縄さんのお見舞いにいった直後にわたしが襲われたのは、選挙に役立つファイルを受け取ったからではなく、彼女から直接話を聞けば、真相に……、真の事故現場に気付くかもしれないから……?

いや……、いやいや、でもさ。

トリックは、聞かされてしまえば、シンプル極まるものだ——ミステリー用語で言うならば、これまで一万回は使い倒されているであろう、実にクラシックな、現場誤認系の死体移動トリックのヴァリエーションでしかない。だけどこんなトリック、まさしく古典でしか使えない代物である。現代の科学捜査の下では、トランクに死体を積んで移動させれば、死斑《しはん》やらなにやらで、絶対に露見するからだ——しかしながら、それはあくまで、移動させるのが死体だったらばの話である。

轢かれて、意識を失った女の子を現場から現場へと移動させても、その痕跡は残らない——よしんば残っても、大した怪我じゃなければ、調べられない。

それは『D坂のひき逃げ犯』、つまりは『C坂のひき逃げ犯』は、長縄さんを轢き殺す気はなかった、むしろ死んでもらっては困ると思っていたという意味でもあるのだが——けれど、そんな意味は、何も救済しない。

むしろおぞましい。

通話中を狙ったのは、事故が確実に起きたことを友人に証言させるため、そして通報させるため——事故現場が不明のままでも、学校からの下校路であることがわかっていれば、救急車はたどり着けるだろう。

邪魔者を轢き殺そうとする凶暴さのほうが、まだしもまともに聞こえるひき逃げの動機ってなんなんだ——信じられない。

これが真相だなんて信じられない。こんなのってない。

それこそ『失敗したら失敗したでいいや』みたいな、一種の雑さを感じるところも怖い

──よそ見しながらわたしを轢きに来たドライバーと同じくらい怖い。

自白だろうと、『秘密の暴露』だろうと、されればされるほど、沃野くんが犯人らしくなくなっていく。

犯人だと思えなくなる──思いたくなくなる。

第一、自白だとしたら、どうしてこんなタイミングで？　よりにもよって、互いに、最終演説まで数分というタイミングで──

「ちなみに、瞳島。今こうして俺が自白《はな》しているのは、スピーチ直前に、取り巻きの色男どもの助けがまったく期待できないシチュエーションでおたくを動揺させることで、勝率を上げようとしているからだ。わかるかな？」

「わ──」

わかるような、わからないような。

わかりたくないのは確かだ。この対立候補は、いったい何を言っている？　わたしを動揺させるのが目的──と言うなら、なるほど、確かに、動揺しまくりだ。

メンタルがぐるぐる揺れまくっている。フィジカルもぶるぶる震えているかもしれない。

不良くんも生足くんも天才児くんも、応援演説を控えている先輩くんも、今はそれぞれ、自分のクラスの列にいる――リーダーに至っては、初等部にいる。

助けも何も、こんな衆目の中で、全校生徒が集っているところで、沃野くんがわたしに危害を加えてくるはずがないと思っていた――盤外戦術は互いにタイムアップだと、勝手に決めつけていた。

こんなきわきわで、心理戦を仕掛けてくるなんて――折れていたかもしれない。

もしも。

わたしが先んじて、『D坂のひき逃げ犯』の正体は沃野くんだと確信できていなければ――目視できていなければ、ここでもたらされた『新情報』に、ぽっきり心が、折れていたかもしれない。

ぎりぎりこらえた。

動揺したし、心臓はばっくんばっくん言っていて、息もできないくらいだけれど、なんとか踏みとどまった。

「……あなた、何者なの？」

「ん？」

まだそんなことが訊けるのが意外だというように、沃野くんは間を置いてから、苦し紛れにわたしが発した質問に、

「俺は『何の取り柄もない、どこにでもいる平凡な中学生』だよ。ほら、ライトノベルのあらすじとかによくいる奴……、平凡に生きてて、平凡に勉強ができたりできなかったり、平凡に運動ができたりできなかったり、平凡に好かれてたり嫌われてたり、そんで、平凡に、ものの弾みで人を殺しちゃう奴」

「………」

どこにでもいる平凡な中学生。何の取り柄もない。取っかかりもない。

それを受けて——わたしはようやく、確信できた。

一週間前、対立候補がクラスメイトだと聞かされて、初めて意識した隣の席の男子生徒——そのとき抱いた第一印象。生足くんの言う通り、そのときの直感を信じるべきだった。

『こんな奴、クラスにいたっけな?』

いなかった!

いいいいいいなかった!

絶対いなかった——二年B組には、沃野禁止郎なんて生徒はいなかった!

逆だったんだ。

男子中学生がクルマを運転して、人を轢き殺そうとしていたんじゃない——そもそも、指輪学園中等部の生徒じゃないんだ、こいつ……!

違和感があるはずだよ。没個性なはずだ。中学生らしさの集合体なんだから。平凡なんじゃなくて平均なんだ。男子中学生っぽさを寄せ集め、かき集めただけの個性――埋もれるのが目的なんだから、それで個性が突出するわけがなかった。

沃野禁止郎という名前も、おそらく本名じゃない。

落下傘候補もいいところだ。

落下傘どころか、落とされた爆弾だ。

生徒会長になるためだけに、ただそのためだけに、あたかも前から在籍していたかのような顔をして、いつの間にか、二年B組で授業を受けていたなんて――じゃあ、この男は。

少年でも男子でもないこの男は、いったいどれだけ途方もない下準備をして、この選挙戦に臨んでいると言うんだ……？

沃野くんより準備をしていた候補者なんて、それこそ、後継者として丹念に育てられていた長縄さんくらいのもので……、だから、彼女は狙われたのか？

わたしみたいな、存在感のない奴じゃなくって――どこにでも存在できる奴。そんな奴と、わたしは戦っていたのか——席を隣り合わせて、競っていたのか？

その事実のほうにぞっとする。

クルマで轢かれることよりも、クルマで人を轢ける奴のほうがよっぽど危険だと思っていたけれど……、こいつ、危険どころじゃないぞ？

宝くじのたとえ話を思い出す。

宝くじが当たる確率よりも、交通事故に遭う確率のほうが高いって——だけど、こんなひき逃げ犯と出会う確率は、宝くじが当たるよりも低いんじゃないのか？

一億円払ってでも遭遇したくない、世界一ありふれた凡庸だった。

誰がいったい、こんな爆弾候補を指輪学園中等部に投下したのだ——学園側？　指輪財団の一勢力？

本人の意志じゃないことは確かだ。

この没個性には意志はもちろん——志もない。心もない。

何もない。

「ふうん。まだ立ってられるなんて、思ったよりも根性があるみたいだな。正直に言うと、貧血を起こして倒れてもらうつもりだったのに、驚いているよ。やっぱりあのとき、ちゃんと轢いておけばよかった」

「…………」

ちゃんと。

よそ見せずに、ちゃんと。

……わたしだけでよかった、と、素直に思った。

沃野くんは、『色男ども』のバックアップがないこの状況だからこそ、わたしが孤立した、自白が何の証拠にもならないクラス別の並列だからこそ、その凡庸なる本性をあらわにして、クルマで轢くよりも効率を重んじてわたしを脅しにかかったのだろうが――こんな平均的な本性を直接知るのが、わたしだけでよかった。

あの気のいい連中は、あの気持ちいい仲間達は、こんな毒々しい毒の毒牙を、知らなくていい。

「でも、どっちにしても落選するけれどね。おたくも、他の候補者同様に――あんなアンケート結果、かったるい質問に回答してくれる律儀な生徒をサンプルにしたものに過ぎないんだから。そこでは俺の本領は発揮できない――俺の闇は発光しない」

「……どういう意味？」

「大半の生徒は、俺と同じじってことだよ。おたくも、本来はこっち側だったと見込んでいるんだけれど――アンケートとか、意識調査とか、方針改革とか、署名活動とか、あとはまあ、政治とか思想とか？　そういうのが面倒でだるくてたまらないって感じ？　でも、反発するほど反体制でもないから、言われたらここに集まるって感じ？」

「……………」

「そんな奴らが、俺の支持層だ。おたくらが俺の仲間だ。揺るぎない基盤だ。そいつらは似た者同士を選ぶ——楽そうな奴を選ぶ。今壇上で喋ってる連中は、それに気付いてないんだよ。高みから上から目線で、理想を語れば語るほど、『俺達』は『ついてけねえよ』って思うんだ」

違う。

思わせるんだ、こいつが。

それが沃野候補者の草の根レベルの選挙活動だった——彼の高い支持率の理由は、そのまま、他の候補者の低い支持率の理由でもあった。

有権者を骨抜きにする政治手腕。

俗に存在感の薄い人間のことを『空気のような』と形容するけれど、どこにでも存在できる彼は、空気ではなく有毒ガスだった。

対立候補は毒牙にかけて、有権者には毒ガスを散布する。

彼は学園の選挙そのものに対する意識を下げることに執心していたのか——と、沃野くんの物静かな選挙活動の理由がわかった一方で、しかし、そんな選挙活動は、本当におこなわれていなかったのかもしれないとも思った。

だって、たまたまわたしは、候補者として、当事者として選挙に参加することになったけれど、そうでなければ、沃野くんの言う通り、やっぱり、単なる学校行事として、投票をこなしたんじゃないだろうか。

どうせ開催が忘れられる程度の選挙だ。

何事もなければ、たぶん長縄さんに投票しただろうけれど、その理由は『考えなくてよくって楽だから』とか、『今のまんまが楽だから』とか、そんなもので——生徒会執行部が学園側と教育方針でどれだけ意見を戦わせてることさえ、知ろうとしなかっただろう。かったるいから。

見て見ぬ振りを——知って知らぬ振りをしただろう。

「おたくもいいとこまで来たけれど、ここでジ・エンドだよ。現生徒会長から応援演説をされたときが、おたくの負けが決定するときだ。今まで、陰からただただしいおたくを後援していた分にはまだしも——権力者が表に出てきた時点で、終わりなんだ。それでおたくはレベルの違う『あっち側』に認定される。どうしても俺に勝ちたかったのなら、おたくが長縄の代理であることは、むしろ隠すべきだった。報道で勝ちたかったのではなく、選挙で勝ちたかったのなら、おたくは俺と同じように、応援演説は特権階級じゃない、『気の置けない友達』に頼むべきだった」

「……『気の置けない友達』なんていないよ」

「ふうん？」

「いるのは」

『信頼の置ける仲間達』だ、と言おうとしたとき、まさしく咲口長広現生徒会長を壇上に呼ぶ、プレゼンターのアナウンスが流れた——瞳島眉美の応援演説とは名ばかりの、一流のプレゼンテーションがおこなわれることになる。

既に没個性のアジテーションで台無しにされているも同然の、個性的なプレゼンテーションが——万事休す。

そんな諦念《ていねん》と共に目を閉じようとした。

が、そのとき、逆にわたしは、目を見開くことになった。

脇の階段を登って、悠然と壇上に登ったのは、髪をほどいた生徒会長モードの先輩くんではなく、見覚えのない女子生徒だったからだ。

見覚えのない女子生徒？

いや、違う。見覚えはあった。

ただし、厳密には女子生徒ではなかった。

ステージ上で、備え付けのマイクを取り外して握り、講堂に集まる全校生徒のまなざしを一身に浴びながらもまったく怖《お》じることなく、胸を張って堂々とその視線に応える彼女は——彼は。

誰あろう、美少年探偵団の団長。

美少女に扮《ふん》した美少年、双頭院学だった。

髪飾中学校の違法カジノに潜入したとき以来の女装姿である——そう言えばあのときも壇上だったけれど——なんで女装？　いや、それもなんでなんだけれど、なんでリーダーがここに？

わたしは上長の突然の登場に、言葉を失った——わたしだけではない。現生徒会長どころか、中等部の生徒でさえない『女子』が舞台に上がったことで、これまで候補者の演説中も、一貫してざわついていた聴衆は、しんと静まりかえった。

必然、そんなざわつきに埋没させる形で囁かれていた沃野くんの毒のある言葉も止まる——有毒ガスの噴出が滞る。没個性な彼もさすがに、唐突で何の予告もない横入りの登場人物に、さすがに驚きを禁じ得ないのかもしれない。

そんな一同に向けて、我らがリーダーは、おしとやかとはとても言えない悪戯《いたずら》っぽい笑顔と共に、お目々をきらきら輝かせながら、変声期前のボーイソプラノで、「東西東西！」と、場をわきまえることなく楽しそうに声を張り上げた——本家に負けず劣《おと》らずのいい声を張り上げた。

23　応援演説

「東西東西！　はははは！

「なんてね、もちろんご覧の通り、僕はナガヒロ——咲口長広生徒会長じゃない。ご紹介にあずかりなんとも恐縮だが、あいつには無理を言って代わってもらった。

「どうしても。

「どうしても眉美くんの応援は、僕がしたかったものでね——いてもたってもいられなかった、この気持ち、わかってもらえるかな？

「わかってもらうための演説だ。応援演説だ。

「もっとも、僕は取り立てて、彼女がこの中等部の生徒会長になるのを応援したいわけじゃあないんだ。こう言って悪ければ、『僕は眉美くんのやることなら、なんでも全力で応援したいんだ』と訂正しよう。

「僕が誰か？　それはどうでもいい。

「名乗るのは好きだけれど、謙虚の美徳も知っている。本日の僕は何者でもない仲間その一として、彼女のことをきみ達に紹介したいんだ。

「そしてできれば。

「きみ達にも彼女を応援してやってほしい。

「最初に彼女を見たのは、校舎の屋上だった。

「彼女は星を探す少女だった。

「十年前に一度だけ見た暗黒星を、彼女はずっと求め続けていた。『そんなものはない』と否定されようと、周囲からの理解を失おうと、それでもかたくなに、いっそ頑固に、一貫して空を見上げ続けていた。

「そんな彼女を、僕は美しいと思った。

「心から美しいと思った——ありもしない星を見つめ続ける、一心不乱に空を見上げ続ける彼女の瞳を。

「結局、そんな星は夜空のどこにも実在しなかったのだけれど、しかし、それで彼女の両目が輝きを失うことはなかった。

「夢を見ることは美しい。

「だが夢を諦めることも、同様に美しい。

「瞳島眉美はきら星のように輝き続けた。

「あるとき彼女は大金を手にした。脈絡もなく札束が、懐《ふところ》に飛び込んできた。絵空事みたいな出来事だけれど、しかしそんな偶然は、案外誰にでも経験があることだ。問題は、そんな突飛な幸運にどう対処するかなのだ。

「そこで人間が試される。

「結論から言えば、降ってわいたような幸運を、彼女はものにしなかった。道徳心でもあっただろうし、倫理観でもあっただろう。自制心というのが正しい気もする。だが僕は大金を突き返した彼女の行為を、自尊心ゆえのものだと思いたい。

「正しい自制心ではなく、美しい自尊心だ。

「それを得ることで、失うもののほうが多いと考えた彼女の選択は、ひねくれ者のそれとも、偏屈者のそれとも違った。まっすぐ未来を見つめていた。

「ひょっとすると、ここでそれを突っぱねたほうが、将来、得るものは大きいというしたたかな計算もあったんじゃないかな。いずれ手に入る何かを、恵んでもらう必要はないというわけだ。

「褒めてばかりいると切りがないので、眉美くんが仲間と喧嘩《けんか》したときの話もしよう。彼女も完璧じゃない。仲間のひとりを酷く怒らせてしまったことがあったらしくてね——最終的には自分の非を認め、素直に謝ったというエピソードを紹介できればよかったのだが、眉美くんは絶対に謝らなかったそうだ。

「口先だけの謝罪よりも、成果をもって示した。

「この辺は必ずしも褒められた性格じゃあないけれど、心配は無用だ。彼女の至らないところは、僕達がフォローする。僕達の至らないところを、彼女がフォローしてくれているように。

「代わりに謝ることもやぶさかではない。

「彼女も、自分のためには謝らなくても、僕達のためになら、きっと謝ってくれるだろう。

「もっとも、眉美くんは単なる仲間思いでもない——仲間しか大切にしない、身内びいきの人物像じゃあ、決してない。

「その証拠に、自分が嫌いで、自分を嫌いなヒールも助けた——感謝されないことは承知の上で、疎まれることもわかっていながら、損得勘定抜きで——いや、損をすると知っても、悪魔を助けた。

「それは僕にもできなかったことだ。

「そう言えば、この冬休みには、できなかったことを、させてもらったんだったっけな。後先考えない人助けという奴を——それも発端は彼女の思いつきだが、彼女はとんでもない負担を、平気で僕達に強いてきた。

「それが嬉しくてね。

「僕達には協力してもらって当然だと考えていることが、嬉しかった。自分だけですべてを解決しようとしていた彼女が、もういないことが嬉しかった。

「僕達は甘えられるのが好きなんだ。

「僕達は眉美くんが好きなんだ。

「だから彼女が頑張るなら、なんでも全力で応援する。全力で応援したいんだ。眉美くんが生徒会長になったら、きっと楽しいしきっと面白い。

「彼女は完璧じゃない。

「絶対に、間違うこともあるだろう。

「必ず、増長することもあるだろう。

「だけどそのときは、僕達がきつく叱りつけると約束する。

「僕が挫《くじ》けそうになったとき、眉美くんが本気で怒ってくれたように、眉美くんがねじれそうになったときには、僕は本気で怒ろう。

「僕達はチームだから。

「まあ、究極、やることは生徒会長じゃなくてもいいんだけれどね――富士山《ふじさん》登山でも太平洋横断でも、もちろん宇宙に飛び出すのでも、眉美くんがやるのなら、力になる。

「彼女がなって欲しい僕達になる。

「ただし、唯一彼女に不満があるとするなら、それは自己評価が格段に低いことだ――今も彼女は、周囲に祭り上げられたから、代理で仕方なく、しぶしぶ選挙に立候補したと思っている。

「仮に自分が当選しても、それは現生徒会長や、リタイアした副会長の後援があったからだと思っている――気に入らないね。

「だから、教えてあげてほしい。

「きみ達にだって、見る目はあるってことを、教えてあげてほしい。

「外面や背面に惑わされず、空気や雰囲気に騙《だま》されず、綺麗事や理想論に紛《まぎ》らわされず、本人を見ることができるってことを、教えてあげてほしい。本当を見ることができるってことを、教えてあげてほしい。

「目にもの見せてやれ。

「もしももう、意中の候補者を決めているのなら、それでもいい――僕の『自慢話』なんて、忘れてくれて構わない。その代わりと言ってはなんだが、投票が終わった後、いち生徒に戻った眉美くんを訪ねて、会って、話して、是非とも友達になってあげてくれたまえ。

「以上！　南北！」

24　エピローグ

生き恥をかかされた！

全校生徒の前で、披露宴でだってされないであろう規模の褒め殺しの刑に処されたあげく、『友達になってあげてね♪』と頼まれた！　もう転校するしかない！

あと南北って。

切れ味はいいけど、それ別に東西に対する結語じゃないでしょ。

まあ、わたしの転校先探しは別の話として、あと、この褒め殺しのあとにおこなわねばならなかった、消化試合なんてとんでもない地獄同然のワンマンショー、わたしのしっちゃかめっちゃかでしどろもどろな、ガイドラインに添うことさえできなかったあっぷあっぷの最終演説もともかくとして、謎の美少女の応援演説が万雷の拍手とやんやの喝采《かっさい》を浴びた時点で、選挙の結果は決したと言ってよかった。

二年B組の瞳島眉美は、めでたく、次期生徒会長となることが決定した——転校できねーよ。

いつの時点から、応援演説を先輩くんではなくリーダーがおこなう段取りにしていたのかは、わからない……、そう言えばミーティングのどこかでそんな話もしていたような覚えもあるが……、しかしそれは、わたしに対するささやかなサプライズでは決してない、選挙戦略の一環だったことは、間違いなかろう。

だからこその美少女姿だったのだ。

現生徒会長直々の応援演説が、逆に有権者の反発を招いたであろう仕掛けを思えば、先代生徒会長、伝説と称される生徒会長、双頭院踊の実弟による応援演説も、おそらく同様の効果を生んでいたはずだ。

同様の逆効果を。

番長である不良くんや、陸上部エースの生足くん、指輪財団御曹司の天才児くんについても、言うまでもなく——だから『正体不明の女子生徒』として、匿名のままで、リーダーは壇上に上がった。

匿名は選挙の基本。

不良くんの言いそうなことだ。

そしてリーダーは、政策ではなく人柄を語った。政策を語るのは候補者本人の役目だと割り切ったかのように、ただただひたすら、わたしという仲間を褒めちぎった——自慢した。

そうだ、あれは応援演説というより、確かに『自慢話』だったのだ……、よくもまあ、わたしのようなクズをあそこまで賞賛したものだとは思うが、あれにしたって、リーダー以外の人間がやっていたら、聴衆の感情に訴えるだけの、みっともない演説に聞こえていたかもしれない。

わたしのいいところばかりを見てくれる、美しいところばかりを探してくれるリーダーだから、心からわたしを、誇らしげに褒めてくれた。

それが響かないわけがない。

心に刺さらないわけがない。

「深読みのし過ぎですって、眉美さん。あれは全部、リーダーのアドリブですよ。私は浅はかに、可愛らしくもあどけない女の子が演説をすれば、票が稼げると思っただけですとも」

自らロリコンであることを認めてまで、先輩くんはお茶を濁そうとしたけれど、しかしこれは最後の最後で、後継者の立候補を取り下げさせられた生徒会長が、『D坂のひき逃げ犯』に一矢報《むく》いたのだと、そう思う。秘中の秘……、対立候補にその秘策が漏れないように、わたしにさえも秘密にした。

浅はかどころか深謀遠慮だ。

さすがに政敵の戦略をすべて把握していたわけではないだろうけれど、ここは自分が出るべき局面じゃないと、あのスピーチの名手が、スピーチをしないという奇手を取ったのだ。

やるじゃん、ロリコン（でも小五郎のリーダーを促して女装させるって、本気でやばい感じもするから、二度とやめてね）。

で、その『D坂のひき逃げ犯』こと、『クラスメイトの沃野禁止郎くん』なのだけれど……、彼はわたしの生き恥演説を聞きもせずに、自分はステージに上がることもなく、生徒の列からふっと姿を消していた。

リーダーの演説の時点で、負けを認めた。

わけではないに決まっている。

没個性の彼にとっては、せいぜい『不利になったからやめた』程度の感覚に違いない――『敗北感を味わって嫌な気分になる前にやめた』とも言える。

知らない間にクラスに紛れ込んでいた彼にとって、クラスの誰にも知られずにいなくなるくらい、簡単なことだっただろう。

人を轢くのと同じくらい、簡単なことだっただろう。

というわけで、振り返ってみればあっという間だったわたしのゴージャスライフは終わりを迎えた。選挙事務所は役割を終えて、元通り、探偵事務所になった——わたしの仮住まいでもなくなった。

檜風呂ともおさらばだ。

もうちょっとここで粘っていれば、シネマコンプレックスも併設されていたかもしれないと思うと名残惜《なごりお》しくもあるが、しかし正直、この長期滞在については家族が役所に出向くくらい心配していたので、案外、帰宅許可を得たことが、わたしがもっとも胸をなで下ろした成果かもしれない……、親に嘘をつきまくって、わたしもすっかり悪い子だが、まあ、娘がひき逃げ犯に狙われていたという真実を告げる正直者には、とてもなれそうもなかった。

「で、結局、そいつはなんだったんだよ？　クラスメイトどころか指輪学園の生徒でさえなかったってんなら、いったい何者だったんだ？」

選挙後に、美術室で開かれたささやかな祝勝会の席で、不良くんが当然の疑問を呈《てい》した……、『ささやか』と言うには、テーブルの上に並べられたメニューにはいささか力が入り過ぎていたけれど。

「考えてみれば、眉美が『D坂のひき逃げ犯』とか名付けたせいで、トリックがわかりにくくなっていた側面はあるにしても、正体は結局、わからねえままだもんな」

「ネーミング褒めてくれてたじゃん。評価を翻《ひるがえ》さないで。そういうの一番傷つく」

「順当に考えれば、カリキュラムをスリムに整えたい、学園側からの刺客ということだったのでしょうね。『刺客』……、文字通りになってしまいますが」

「怖いっていうより、滅茶苦茶だよねー。マジでそこまでするかって感じ。眉美ちゃんの話を疑うわけじゃないけれど、指輪学園の生徒でいるのが嫌になるような話だよ」

順当と言うか、それ以外に考えようがなかったので、なんとなく、現政権の方針と思想的に対立する学園側が、沃野くんのクライアントであるというような結論に落ち着いたけれども、しかし、生足くんの言う通り、『そこまでするか?』みたいな疑義は残った……、特に、じかに『刺客』と接したわたしとしては、『教育機関が、あんな奴を雇ったことがバレたときのほうがやばいだろ』という気分を否めなかった。

しかし、他に考えようもない……。

「いずれにせよ、今後、眉美さんには生徒会を運営するにあたって、気をつけていただきたいことだらけということですね。大変なのはこれからですよ」

言われるまでもなく。

選挙は、開票が終わってからが本番である。

はっきり言って、代理での立候補だったし、当選したとしても、先輩くんの傀儡政権になる気満々だったけれども——リーダーからあんな応援をされて、そして、わたしに投じられた票数を見せられてしまえば、そんなことも言っていられない。

一票一票を見せられてしまえば。

これは拾った大金じゃないし、転がり込んだ幸運でもない。

勝利を決定づけた、団長のスピーチに応えられるわたしにならなければ、それこそ、生き恥である。

わたしを信任してくれた人達に、『自分には見る目がなかった』なんて、思わせない。

クズはクズでも、きらきらきらめく星屑《ほしくず》になろう。

輝いてやる。光の中でも。

「はい。できる限りのことはさせてもらいます。どうか力を貸してください」

「ええ。卒業式までの間、びしばしレクチャーしますとも。ボイストレーニングもこのまま継続しましょう」

疲れたときにはエステもね、とわたしは天才児くんのほうを向いて、無視された。芸術家肌兼天才肌の後輩から、早くも素材として飽きられた可能性にびくつきつつも、でも、その無反応から内諾を得た気になりつつ、しかし、先輩くんが自然に、『卒業式』と口にしたことを、意識せずにはいられなかった。

そうだね。

あと数ヵ月で、先輩くんは中等部からいなくなる——生徒会執行部が体制を移行するように、この美少年探偵団だって、今のままではあり続けられない。これがスクールコメディだったら、先輩くんが留年するなんて展開もあるだろうけれど——だけど先輩くんに限った話じゃない。

指輪学園の生徒でいるのが嫌になったという生足くんの発言は比喩《ひゆ》にしても、進学するかどうかわからないという不良くんの発言は、ただ聞き流すべきではないだろうし……、天才児くんに至っては、本来、現在学校に通っていることさえおかしい。

小五郎とて、いつまでも小五郎ではない。

かく言うわたしもいつまでも俯《うつむ》いてはいられないのだ——目をそらして久しい夜空をいつか、もう一度見上げられるようにならなければ。

そのために入った美少年探偵団じゃないか。

今のまんまじゃ、駄目なんだ。

昔、男の子の格好をして学校に通っていたことがあるんだよ。

毎日、学校で料理を作ってたんだぜ。

ロリコンと揶揄《やゆ》され、小学生に猫撫で声で尽くしていました。

一年中、半ズボンで過ごしていたよ。

あの頃の俺は寡黙な芸術家を気取っていて。

探偵ごっこをして学んでいたな。

そんな風に、結構な含羞《がんしゅう》を込めて昔を語るためにも、わたし達は、いつか思い出になる今を生きなければならない。

美しく生きなければならない。

「諸君、ミチルが絞ったオレンジジュースは行き渡ったかな？　それでは眉美くんの美しい勝利を祝って乾杯しよう――カワバンガ！」

女装姿のままで祝勝会に参加したリーダーの音頭に合わせて、わたし達はグラスを掲げた――かけがえのない今に乾杯。

今しかない今に。

今だからこそ。

25　プロローグ

無事退院した長縄さんを、当然ながら副会長に指名し、てきぱきとした彼女のアドバイスに基づいて指名した役員も就任したところで、次世代生徒会執行部は正式に動き出した——その膨大な仕事量に、早くも心が折れそうになっているわたし宛《あ》てに、生徒会室にお祝いの花が届いた。

わたしは知らない間に芥川賞《あくたがわしょう》でも受賞したのかと思うような、巨大な花束だった。差出人の名前はなかったけれど、花束の中に、携帯電話が潜ませてあった——子供ケータイである。

わたしが先輩くんから支給されているものとは機種が違うけれど、目を痛める画面がないことは共通している。

それでぴんと来て、わたしは1番に登録されていた、短縮ダイヤルにかけてみる。すぐに繋がった。

「もしもし」

「はい。髪飾中学校生徒会会長、札槻嘘《ふだつきライ》です」

ですよね。

相変わらず遊び人はお洒落なことをする。

「このたびは生徒会長就任、おめでとうございます。陰ながら応援していましたよ、瞳島さん」

「……対立する中学校の生徒会長として、早速ご挨拶かしら？　札槻くん」

「ええ、それもあります。咲口先輩とはあまりうまくいきませんでしたが、瞳島さんとは是非、いい関係を築きたいと思っておりまして。表でも裏でも」

その携帯はお祝いのプレゼントですよ――と、軽やかに言う。

生徒会長同士のホットラインを構築しておきたいということか……、いえーい、憧れの携帯二台持ちだ！　両方子供ケータイ。

どうせただの携帯電話じゃないんだろうな。爆弾だったらどうしよう。

表でも裏でも――か。

そうだった。

指輪学園中等部の生徒会長になるということは、同時に、中学二年生にして違法カジノの支配人を務めていたこの桁違《けたちが》いの男子、チンピラ別嬪《べっぴん》隊の隊長とやり合うということでもあるのだった――表でも裏でも。

「でも……『それもある』？　じゃあ、本題は別にあるの？」

「ええ。『Ｄ坂のひき逃げ犯』……、沃野禁止郎の正体を、知りたくはありませんか？」

「………………！」

さすがに早耳である。

他校の出来事なのに、選挙の結果のみならず、その内実まで把握しているとは――だけど、考えるまでもなく返事はＮＯだ。

なるほど、犯罪者集団『トゥエンティーズ』とも通じているような、事情通の札槻くんなら、あるいは沃野くんについての情報も握っているのかもしれないけれど、しかしわたしは、あんな没個性の正体なんて、知りたくない。

絶対に知りたくない。

「それが、あなたには知ってもらわなくてはならないんですよ。だって、彼を刺客として送り込んだクライアントが学園側ではないことは、瞳島さんもうすうす感づいているのでしょう？」

札槻くんはずばり言った。

早くも新しい遊びを開始したかのように。

「むしろ沃野禁止郎くんは、指輪学園を内部から崩壊させる意図で送り込まれた刺客だったのですから——あなたがたが考えているよりも事態はもっと深刻なのですよ。僕達は対立している場合ではない、瞳島さん。あなたには僕からのデートの誘いに応じる動機があるのです。没個性の情報を得るために、没個性の組織から学園を守るために——新生徒会長としても、美少年探偵団のメンバーとしても」

（続）

（『美《び》少《しょう》年《ねん》椅子《いす》』に続く）

あとがき

いわゆる才能みたいなものはそれ単体では存在できなくて、それを評価してくれる周囲からの称賛があって、初めて才能として存在できるのではないかと思うことがあります。たとえば、ホームランを年に百本打つスラッガーがいたとすれば、当然そりゃあすごいということになりますけれど、でも、前提として野球なる、広く普及したスポーツがあってこそのホームランであり、ルール上、『ホームランはマイナス一点』という決まりがあれば、ホームラン王は一生スタメンにはなれないでしょう。ホームランを打ったとき、それを諸手をあげて称賛してくれるオーディエンスがいなければ、どんな超特大の場外ホームランも、空振り感が否めません。隠れた名作を発見したりすると、ついつい『この才能の価値は自分だけがわかっていればいい』と考えることもしばしばですが、自分にしかわからない価値は、埋もれるべくして埋もれたと言うべきなのか、埋もれさせてしまった世間にも非があるのかは、悩ましいところです。実際、『よくわからないけれど、みんながいいと思ってるからいい』みたいな価値は、それはそれでちゃんと認めてしまわないと、どこかで辻褄が合わなくなりそうです。しかしそうなると、『みんなとは誰か』みたいな問題も、また出てくるかもしれませんけれど、たぶんその答は、『いっぱいいるひとり』なのではないでしょうか。

というわけで美少年シリーズ第六弾です。『美声のナガヒロ』については、一巻『美少年探偵団』の時点から、いったいこの子はいつまで生徒会長なんだ？　と疑問に思いながら書いていたので、ようやく勇退させてあげることができて、作者としてもほっとしています。まさか眉美さんが、その後継者として立候補するなんて展開は、その時点では予想だにしていませんでしたが……、『キャラクターが勝手に動き出す』というのはよく聞く話ですけれど、『キャラクターが勝手にクズになっていく』というのは僕としても初体験ですので、楽しく書いています。楽しく読んでいただければ、それ以上のことはありません。そんな感じでクズに清き一票をお願いします、美少年シリーズ第六弾『D坂の美少年』でした。

表紙はクズと生足くんと先輩くんのスリーショットですね。キナコさん、ありがとうございました。キナコさんに描いていただくことでクズは面目を保っています。お話は続きますが、はてさて、どうなることやら。

西尾維新

沃《よく》野《や》禁《きん》止《し》郎《ろう》

本書は書き下ろしです。

〈著者紹介〉

西尾維新（にしお・いしん）

1981年生まれ。2002年に『クビキリサイクル』で第23回メフィスト賞を受賞し、デビュー。同作に始まる「戯言シリーズ」、初のアニメ化作品となった『化物語』に始まる〈物語〉シリーズ、『掟上今日子の備忘録』に始まる「忘却探偵シリーズ」など、著書多数。

D坂《ディーざか》の美少年《びしょうねん》

2017年3月21日　第1刷発行　　定価はカバーに表示してあります

著者……………………西尾維新《にしおいしん》

発行者……………………鈴木　哲

発行所……………………株式会社 講談社

〒112-8001 東京都文京区音羽2-12-21

編集03-5395-3506

販売03-5395-5817

業務03-5395-3615

本文データ制作…………講談社デジタル製作

印刷……………………凸版印刷株式会社

製本……………………株式会社国宝社

カバー印刷………………慶昌堂印刷株式会社

装丁フォーマット………ムシカゴグラフィクス

本文フォーマット………next door design

ISBN978-4-06-294065-8　N.D.C.913　206p　15cm

予告

美少年シリーズ、乞うご期待！

2017年秋刊行予定

美少年探偵団
［原作］西尾維新
［漫画］小田すずか
第I～II巻絶賛発売中!!
［キャラクター原案］キナコ
少年たちを、
上に漫画化!!
美声のナガヒロ
美術のソーサク
ひょっとすると…
いい報告ができるかもしれません
美少年探偵団
原作 西尾維新
漫画 小田すずか
Twitter ID ARIA_henshubu
LINE ID @aria

『戯言』とは真逆に、
『人間』離れし過ぎた、
人類最強の請負人
哀川潤《あいかわじゅん》の冒険譚！
西尾維新
NISIOISIN
Illustration
take

《最強》シリーズ
好評既刊
人類最強の初恋
人類最強の純愛
シリーズ第3作刊行決定！
人類最強のときめき
講談社ノベルス

少年が少女を受け止めた朝からはじまる〈物語〉。

SECOND SEASON

[猫物語(白)] [鬼物語]
[傾物語] [恋物語]
[花物語]
[囮物語]

FINAL SEASON

[憑物語]
[暦物語]
[終物語(上·中·下)]
[続·終物語]

OFF SEASON

[愚物語]
[業物語]
[撫物語]
[結物語]

西尾

悲終伝《ひじゅうでん》

戦争は

ここからが佳境！

悲報伝

悲業伝

悲録伝

悲亡伝

悲衛伝

一線を走る彼らに、
前置きは不要だ。

本題

西尾維新 NISIOISIN 対談集

西尾維新文庫

少女《しょうじょ》

西《にし》尾《お》維《い》新《しん》

少女はあくまで、
ひとりの少女に過ぎなかった……、
妖怪じみているとか、
怪物じみているとか、
そんな風には思えなかった。

presented by
NISIOISIN

illustration by
碧風羽

講談社文庫
published by
KODANSHA
定価◉本体660円［税別］

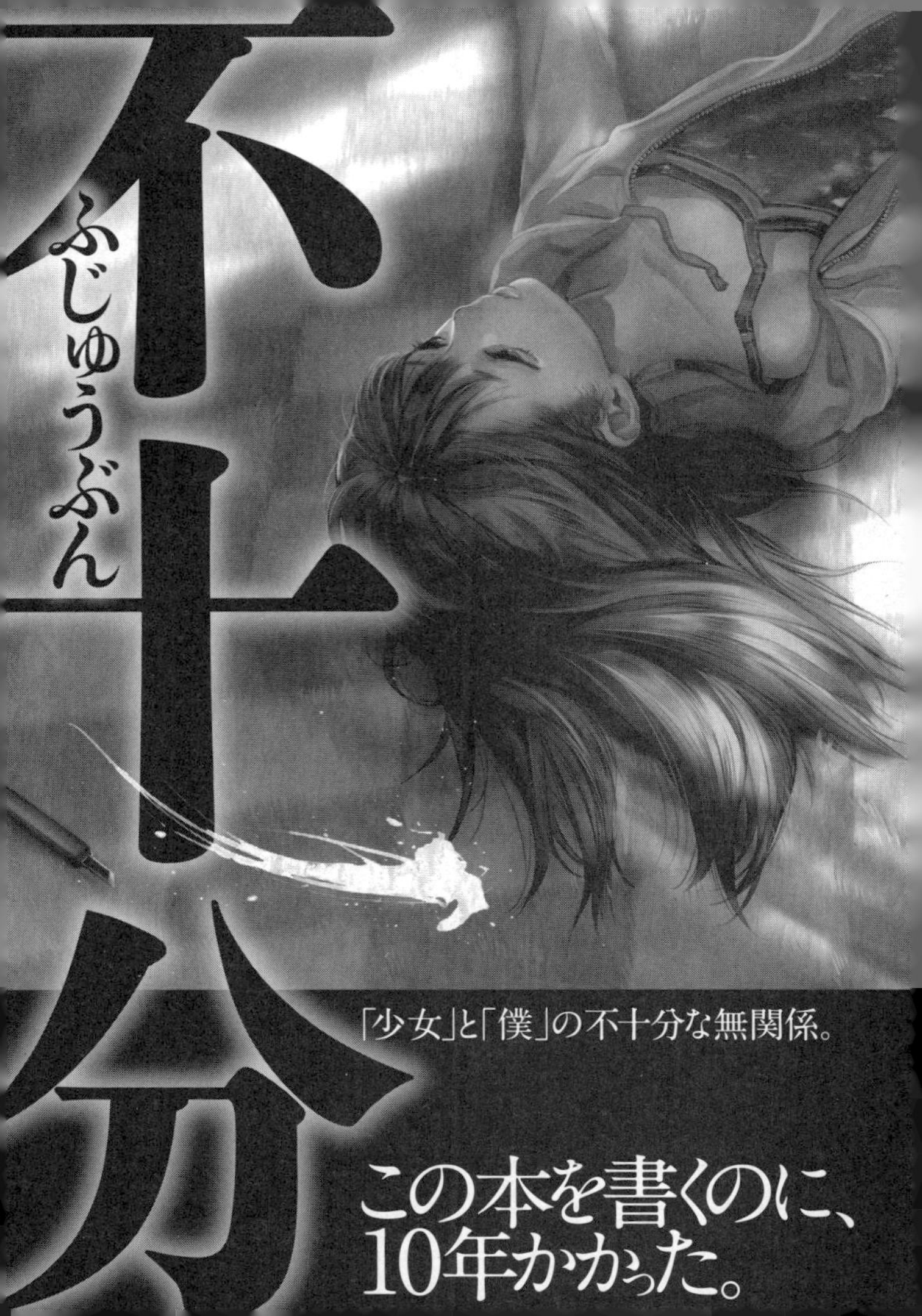
不十分《ふじゅうぶん》
「少女」と「僕」の不十分な無関係。
この本を書くのに、
10年かかった。

講談社
タイガ

《最新刊》

夜の瞳
霊媒探偵アーネスト

風森章羽

人形の呪い？　眠りに囚われた青年を救え。美貌の冷徹探偵と霊感ゼロの喫茶店店主が、今日も難事件に挑む。「霊媒探偵」シリーズ最新作！

大正箱娘
怪人カシオペイヤ

紅玉いづき

大正の都に現れる、秘密と謎が好きな怪人——カシオペイヤ。新米新聞記者英田紺が追う、怪人の正体と万病に効く「箱薬」の秘密とは……!?

レディ・ヴィクトリア
ロンドン日本人村事件

篠田真由美

日本趣味に沸くロンドンで起きた日本に関わる三つの事件。天真爛漫なレディ・シーモアとチーム・ヴィクトリアの面々が、難事件に挑む！

D坂の美少年

西尾維新

見た目は美少年。だけど心《ハート》と知名度は他の団員に及ばない「美観のマユミ」よ、生徒会長を目指せ。美少年探偵団の活躍を描くシリーズ第六作！